人生三道茶

陈志宏 ● 著

山东人民出版社·济南

国家一级出版社 全国百佳图书出版单位

图书在版编目(CIP)数据

人生三道茶 / 陈志宏著. — 济南：山东人民出
版社，2012.8（2023.4 重印）
（青春悦读·当代精美散文读本）
ISBN 978-7-209-06775-1

Ⅰ.①人… Ⅱ.①陈… Ⅲ.①散文集—中国—当代
Ⅳ.①I267

中国版本图书馆 CIP 数据核字(2012)第 202793 号

责任编辑 ：刘 晨
封面设计 ：红十月设计室

人生三道茶

陈志宏 著

山东出版集团
山东人民出版社出版发行
社 址:济南市舜耕路517号 邮编：250003
网 址:http://www.sd-book.com.cn
市场部:(0531)82098027 82098028
新华书店经销
三河市华东印刷有限公司

规 格 32 开(145mm × 210mm)
印 张 9
字 数 100 千字
版 次 2012 年 9 月第 1 版
印 次 2023 年 4 月第 3 次
ISBN 978-7-209-06775-1
定 价 48.00元

如有质量问题，请与印刷厂调换。(010)57572860

目 录
Contents

目 录
Contents

目 录
Contents

第四辑 眼前人 开在尘世里的佛花 / 123

目 录
Contents

第一辑

励志馆 人生是一场用心等待

那生死离别之泪，近乎绝望之时亲人们痛苦无奈的泪水，都是从心间开出来的一朵朵小花，让我明白：生命是如此美好，却又那么脆弱；健康如此重要，可是，又那么容易失去。

泪花，是我在尘世中所看到的最动人最美的花，因为，花里有生命的真谛。

一碗香菜清汤

活着是多美好。一个人也好，一家人也罢，能吃一碗热清汤就好；加香菜也好，加芹菜也罢，有香气弥漫就好。这就是一种幸福，这才是对父亲最好的思念。

知道清汤还有别名的时候，是在 1995 年底。

那一年的光景，悲苦且困难，上天像是故意在人生道路上横加一堵无法逾越的墙，再硬塞一条无以泅渡的河一样，我站在墙的这头，立于河的此岸，孤苦无援。心钻进绝望的暗角，怎么绕也绕不出。

我的 1995 年，以洋洋喜气开端。头一年秋天，因我跳出农门，南下赣州求学，一家人齐怀对未来的美好期待。寒假回到村里，父亲脸上的喜气比以往任何时候都足，和人说话声气都比平时高一些，抑制不住内心的喜悦。虽说父亲喜不自禁，但我还是担心一件事。

在学校，我擅自作主，报名参加了北京鲁迅文学院文学创作班的函授。可花了一百多块钱呀！为了我能上学，父亲东挪西借，才凑足学费，我怎么能如此浪费，不让父亲省心呢？忐忑不安地掏出学员证给父亲看，让我深感意外的是，他对我没有半句指责，反而宽慰我："这是好事啊。自己喜欢的东西，就要多努力，坚持下去。花钱不少吧，也不早说，要不然，家里会再寄钱给你。"

知子莫若父。那一刻，我深深体会到父子之间的默契和亲情。

然而，新学期开学不久，父亲在一个寂静的春夜，溘然长逝。噩耗传来，感觉天塌了。安葬了父亲，一个人寂然地南下，长途客车上，我一路自问——未来我将如何面对？那时起，心如冰封的荒原，绝望似透明的琥珀将我严严实实地封存起来。总感觉父亲没有走远，就在眼前，抬眼望不见，就想随父亲而去。没有父亲，活着还有什么意思？

我成了众亲友提心吊胆的对象。从春到秋，多少亲友都为我发愁。叔叔怕我想不开，请假从南昌来看望我，鼓励我勇敢地活下去，好好活着才对得起父亲的在天之灵。

那些日子，不知道怎么过来的。

暮秋时节，鲁迅文学院函授部来信邀请我参加面授活动。我想去北京。打小就对文学着迷，这一点，父亲是最清楚的。可是，父亲走后，这个世界谁还能理解我支持我呀？横亘在面前的问题是，钱从何而来？家里为了凑足学费，已欠下几千块钱债，此去北京，不能再向母亲开口了。我向同学借，这个几十，那个几十，硬是凑到 800 块钱。

到了北京，交上培训费住宿费，买好回南昌（京九线尚未开通，赣州不能直达北京）的火车票，预留好南昌到赣州的车钱，我能支配的活钱就不到 80 元了。北京十日，全凭它支撑。

趁还没开班，我一个人去中国人民大学玩，那个曾无数次梦想过的大学殿堂。在人大门口一地摊上，我给妹妹买了一件 30 元钱的外套。回鲁院的路上，又买了几本书，到最后，手里只剩十来个一元的硬币。

鲁院食堂早餐五毛钱稀饭基本能饱，中晚餐饭菜太贵，不敢去，我就到院门口一对安徽夫妇开的小吃店里解决，清汤五毛一碗，馒头一毛一个，便宜。头一回，我对店老板说："来碗清汤吧。"老板说："你是江西来的吧。你们说的清汤，在北京叫馄饨呢！"这还是头一回听说,馄饨就馄饨吧。老板又问："要不要加香菜？"我很担心加菜要加钱，就反问他："要不要加钱？"得知不算钱，就让多加些。

清汤，在家里是吃过的，只是吃得极少，多食无味，少吃味长。印象中，清汤味道不错。第一次吃加香菜的清汤，顿时满嘴留香，爽滑白嫩的清汤皮，饱满醇香的清汤馅，真是大饱口福。这是我头一回吃香菜，香而有味，香而有劲，比南方芹菜的味更绵长，更锐利，也更厚重，于是便迷上了这种味道。

天天都在安徽小吃店里吃，便和他们熟了，见我来，不用问，准会说："馄饨一碗，加香菜！"不一会儿，一碗热气腾腾的清汤就端到我面前来了。实在饿得不行，一碗不够，偶尔会加一两个馒头。

一碗香菜清汤，让我在北京坚持下来。听课的时候，思考的时候，发呆的时候，和同道中人交流的时候，嘴里还回荡着香菜清汤的味道。穷莫过于此，困莫过于斯。但一碗香菜清汤，让我那深陷绝望的枯萎之心，如一粒粒清汤一样，在生活的汤汁里舒展开来，如盛开的莲。我和来自全国各地的文学爱好者一起，敞开心扉交流，尽兴地说笑，在梦想的边缘欢乐开怀。久违的笑，在我的脸上恣意烂漫。

父亲生前曾教诲我："自己喜欢的东西，就要多努力，坚持下去。"站在 20 岁的门槛上，身处遥远的北京，我感觉自己冲破了困苦，举起柔弱的手，在梦想的大门上，轻轻叩响，用一碗香菜清汤为陷入低迷中的自己加油鼓劲！

这一年来，我一直走不出绝望；从北京回来后，才从人生暗角移步至亮处。是一碗香菜清汤，涤荡我那年轻却落满灰尘的心；是一碗香菜清汤，引领我走出绝望，让我有力量为梦想做着长久的坚持和不懈的努力。

1996 年，人生翻开了新的一页。寒假回到家中，姐从福建赶来，给了我 800 块钱，好让我还债。三姐买了面粉，动手做了一锅芹菜清汤。那一天，一家人围坐在八仙桌旁，吃着滚烫的清汤，我情不自禁地想起北京的那碗香菜清汤，有所顿悟——活着是多美好。一个人也好，一家人也罢，能吃一碗热清汤就好；加香菜也好，加芹菜也罢，有香气弥漫就好。这就是一种幸福，这才是对父亲最好的思念。

一晃 16 年过去了，想起那碗香透我那懵懂青春的香菜清汤，涤净我那蒙尘的低迷的心。一碗清汤，让我真切感受到活着的好，人生的美，生命的魅力。

此后经年，每每遇到看似过不去的沟沟坎坎，想起那碗香菜清汤，气力便打心底滋生。是啊，再苦再难再悲，也不会甚过那时，我还有什么理由让自己沉沦下去，还有什么借口让自己不去奋发呢？

宽恕是开在心间 最香艳的花

从刘小龙到师昌绪，我看到了一朵最美丽的花，开在人心。这花朵的名字叫宽恕。它奇异的香，化解人间的纷争与仇恨；它迷人的艳，诠释人间爱的芬芳。宽恕之花，是开在心间最香艳的花朵，长在人间最香艳的花朵，长在人间最迷人的花蕊！

收到录取通知书后，他对班主任老师的仇恨渐渐消融了沉淀在心间的尊敬。多少年了，此恨由当年一粒微小的种子，长成一棵枝繁叶茂的参天大树。

他窝在乡村中学教书的时候，此恨达到前所未有的峰值。有时，他恨不得立马找到老师，给他算一次总账！怨怒与仇恨交加，人痛苦得都难以自持了。后来，他终于找到一个宣泄的出口——复习考研。心怀深恨之人，一旦转有他爱，那爱自会深沉如海。他化解对班主任的恨，转而对学习产生了爱，一心扑在考研复习上。

在稻田边上的中学，他度过了三年多的时光，后来，终于考上北京一所著名大学的硕士研究生。去北京的前夜，他第一次回到母校，在班主任老师家楼下，徘徊复徘徊，但终究没上去。

此恨，源于当年那张高考志愿表。

他的成绩在全年级一直名列前茅，只是一次摸底考试，因为生病，落到了百名外，这却被班主任老师牢牢记住了。高考结束后，他估过分，心里有十足的把握，填报志愿时，把北大清华等名校都填了上去，且不服从调剂。班主任看后很吃惊，对他说："这怎么行？你应该至少在提前录取栏报个省属师大啊！"他一个农家娃，哪知道那么多，老师让报就报了。

等他明白了提前录取是怎么回事，急急忙忙找老师，说要涂掉师大，不报了。班主任吓唬他："表填写好了，就不能再改，改了就作废了！"一句话，把他给唬住了。

收到师大提前录取通知书后，他才知道，自己的分数，比录取北大清华的同学的分数还要高出二十多分。他知道自己被班主任害惨了。班主任为了确保录取率，担心他上不了名牌，竟然使出这样阴险的招术。怎么会遇到这样不负责任的老师！他的恨，便蓬勃而生！

时光如白驹过隙，一晃又过了多年。如今，他已跃居高位，身边求他办事的人川流不息。有一天，他在办公室接待了当年的班主任，握过手之后，居然亲自把老师带到办事员身边，向他们介绍说："这是我高中老师——"

他打电话对我说："我们高中的老师来了，晚上过来聚聚。"

他就是我的同学刘小龙。

当年他对老师的恨，已非咬牙切齿所能形容，应该算是深入骨髓。相隔这么多年，见面了，他的恨像过眼云烟一样，消失得无影无踪。恨消爱长，刘小龙抛闪了过往的纠结，一心一意帮助处在困顿中的老师。

私下里，我悄声打听："小龙，你还恨老师吗？"

刘小龙说："恨有什么用，这么多年过去了，世事变化无常，该用宽恕之心对待。"

话别了老师和刘小龙，回到家，打开电视看新闻频道《面对面》，柴静对话材料学家师昌绪。师老荣获 2010 年度国家科技奖，是材料学界的泰斗。文革时，他曾被人扣上"大特务"的帽子，遭受严重的迫害，被人打得几度想自杀！拨乱反正后，师老重回中科院，担任学部委员（即今天的院士），主持一项评选，当年对他下狠手毒手的人也名列其中。师老没有指出那人文革中的丑行，还投了他一票。

师昌绪的恕人之道，让他赢得"老佛爷"的美名。

从刘小龙到师昌绪，我看到了一朵最美丽的花，开在人心。这花朵的名字叫宽恕。它奇异的香，化解人间的纷争与仇恨；它迷人的艳，诠释人间爱的芬芳。宽恕之花，是开在心间最香艳的花朵，长在人间最迷人的花蕊！

阿尔卑斯山的羊铃

面对一只羊，只取肉和毛，是生存之需；只图看和听，那是生活之美。『生』之后，一字之差，照见我们生活的欲望和直白，也让我们看到那个遥远国度唯美、可爱和自然的一面。

期待有那么一天，美和诗意就像阿尔卑斯山的铃声一样，在我们每个人的身边，如水般静静地回荡。

在 2010 年中国（南昌）国际华文作家滕王阁笔会上，一位旅居美国的华人作家给与会者讲了一段珍藏于心底的异域见闻——

那年，她去瑞士旅游，和一个牧羊人不期而遇。牧羊人是位年轻帅气的小伙子，从车里钻出来，将羊群赶往阿尔卑斯山南麓。牧羊先生开的车居然是豪华奔驰，她暗自一惊，有些纳闷了：能开上奔驰车，怎么还甘愿放羊呢？

带着疑问，她问牧羊人："这辆奔驰车是你自己的吗？"

他微微一笑，说："对呀！"

她问："能开这么高档的车，怎么会放羊呢？"

他说："我喜欢呀，放羊是多美的事呀！政府也鼓励放羊，给我们发薪水。做自己喜欢的事，还能从中获得收入，这不是很幸福的事吗？"

这就难怪了。人一旦喜欢上什么，做起事来，就会不计得失，才会有不管不顾的兴头。更何况，牧羊人不但喜欢做这事，还能从中获得相应收入和难得的幸福感。

她不停地点头，释去内心疑团。

牧羊人说："政府要我们放羊，不为别的，是想制造一种视觉美感，你看呀，蓝天之下，青草之上，绿树丛中，一只只走动的羊多像一片片流动的白云，动感、明丽，多美啊！"

疑团散尽，敬意浮生。瑞士人放羊，不为吃羊肉和剪羊毛，已然超越形而下的物质追求，只在乎唯美的精神享受。她有些感动了，感动于眼前这个普通人的单纯可爱，还有这个国家对美的孜孜以求。

没料到，更绝妙的还在后头。

牧羊人说："除了如此美丽的视觉效果，我们还追求听觉享受。我们在每只羊的脖子上，挂上一个铜铃铛，它每走一步，就会发出清脆悦耳的叮当声，为游客增添一丝悠然野趣。"

她发自内心地称赞："你们想得真是太细致、太绝妙了。"

牧羊人说："我是听着山上悠悠铃声长大的，不想让这美妙的铃声在我们这一代消失。因为清越的叮当声，阿尔卑斯山才更纯美，更有韵味。"

听完旅美女作家的讲述，我心怦然一动，仿佛醉倒在一种纯美的意境里。多么可爱的政府，多有个性的牧羊人啊！他们诗一般的举动，深深打动了我，让我久久不能忘怀。

没想到，放羊也可以如此浪漫。他们的追求简单却野趣天然——好看好听。铃声和着阿尔卑斯山美的旋律，在蓝天为经、大地为纬的美丽锦织上，添一朵一朵动感的白花。

面对一只羊，只取肉和毛，是生存之需；只图看和听，那是生活之美。"生"之后，一字之差，照见我们生活的欲望和直白，也让我们看到那个遥远国度唯美、可爱和自然的一面。期待有那么一天，美和诗意就像阿尔卑斯山的铃声一样，在我们每个人的身边，如水般静静地回荡。

国际笔会散了，那些日子那些人，渐渐淡出我的记忆，唯独那位开奔驰的牧羊人和阿尔卑斯山的铃声，日深一日地印刻在脑海，渐明渐亮。明灿如月华，清越如诗吟。

想念那群悠然漫步在阿尔卑斯山的羊，还有那如歌如诗般美妙的羊铃声。

向温暖投降

一棵幸福的树，必得历经严寒，才能强筋壮骨，砥砺自己，以参天的高海拔傲视群雄；一个幸福的人，需要保持适度的饥寒，在一定程度的困厄中，提振信心，补充能量，壮大自己。

前不久，认识了一位声名盖世的大作家，佳作不少，令人景仰。与我想象中的大作家敏于思而讷于言不一样，他非常健谈，长篇大论，滔滔如天上之水。忆及自己的过去，他的语调明快，透着由衷的欢悦。

他中学没毕业就下放到农村劳动，一盏煤油灯相伴，疯狂地阅读随身带来的少得可怜的几本书。那时，没有电灯，夜黑无聊，除了看书没啥事可干。看多了，渐入门道，觉得他们写的东西，也没什么了不起，自己也许能写出更好的来。他忙里偷闲，树荫下，水井旁，池塘边……挨到地方，就把纸摊在膝盖上，奋笔疾书，一页一页地写，把日子写充实了，生活写得清甜如泉。

文稿越积越多，第一次满怀羞涩与不自信，将自己的稿子投了出去，居然发表在省报上。此后，一发而不可收拾。那时起，他多渴望拥有一张平静的书桌，好让自己安心阅读，静心写字。现实却是那么残酷，必须准点上工，必须挣得工分，必须接受改造。好不容易逮上空余时间，村口大钟一响，又必须参加学习。诸多必须，将他的时间挤压得微乎其微。回到自己那个用牛棚改造的家，几块木板架在石块上，算是床，累得只想往上面躺。但他偏要强打起精神来，写些东西，一天不写，心里就空落落的，踏实不下来。

终是凭借自己的写作才华，引起多方关注，他被直接上调省城，专门从事创作。条件好了，生活安逸了，一张豪气十足的写字台横在书房里，写字方便多了。终于有了一张平静的书桌，告别了在膝盖上写字，他却没想到内心反而无法宁静了。俗务缠身，欲望强盛，不知不觉地与文学越走越远。

他自嘲道："生活一安逸了，我就在身不由己的旋涡中随风跟潮，不由自主地向生活举白旗，向文学缴械投降。唉，悲哀呀！"

听闻他的故事，正是仲春时节，风里流泻着暖春的爽适气息，打樟树底下过，但见一地落叶。依稀记得，我生活的城市市树为樟树，属常绿乔木，2008 年南方大冰灾，唯见枝被压垮压断，却不曾掉落一叶。可爱的香樟树能从容应对严寒，却在风柔雨润的暖春，败下阵来，叶落纷纷如雪。

这让我想起小时候读到的一则关于寒风与暖风比赛的寓言来。寒风与暖风相遇了，见路人衣着厚实，打起赌来，看谁能将行人吹得脱衣。寒风很得意："我使劲地吹，人们肯定招架不住，不把他们的衣服吹掉才怪呢。"暖风倒是很低调："我只能试试看。"寒风可劲地吹，人们紧捂着自己的大衣，不停地颤抖取暖。吹了很久，寒风泄气了。暖风吹过去，人们觉着有些热了，纷纷脱下自己的衣服。暖风成功了。

在温暖中，人们会习惯性地寻找解脱，换一个角度说，在温暖中容易迷失自己。

寒冷，并没有想象的那么可怕。置身寒冬，不敢掉以轻心的紧张与惊警，本能地长出厚厚的保护层，将所有已存的、潜藏的伤害都拒之门外。而温暖，却酷似一剂麻沸散，温吞下去，整个人的精神防线都被摧毁了，于无知无觉中沉迷，不由地跌入了"在严寒中奋进，在温暖中沉沦"的人性怪圈。是呵，常年在温暖中徜徉，结局只有一个：向温暖投降。

一棵幸福的树，必得历经严寒，才能强筋壮骨，砥砺自己，以参天的高海拔傲视群雄；一个幸福的人，需要保持适度的饥寒，在一定程度的困厄中，提振信心，补充能量，壮大自己。南宋罗大经在《鹤林玉露·守世守己》中说："有为有不为，守己法也。"行走在纷繁尘世间，当定下这样一个己法：拒绝向温暖投降，在清冷中，保持头脑的清醒。

　　风暖樟叶落。风暖之时，我们应严守己法，方保生命的葳蕤与青葱。

再往前走一步

人生无所谓成败，我觉得，朝着自己坚持的方向，再往前走一步，都是值得的。很多时候，我们迷茫、烦闷、纠结、痛苦，甚至绝望，其实都没什么大不了的，只是缺乏『再往前走一步』的坚持与笃定。

人生第一次，是一枚生命印章，盖在记忆里，变成为一道永不褪色的真迹。20 岁那年，我的第一篇文章在辽宁《青年知识报》上发表了，萦绕在心间的文学情结，像一粒饱满的种子，落地生根，迎风抽叶，终于开出一朵小花儿来。我将收到的稿费，买了一本书，永久收藏那一份喜悦。

同年，我毕业分配在一所学校工作，课少，自己可支配的时间富裕。闲暇时，一盏台灯相伴，提笔展纸爬格子，一叠叠字纸从笔端滑出，寄往各处，却是音讯杳然。此后两年，再没有发表一个字，这种苦焦状态折磨得我没有脾气，消磨了斗志，信心全写丢了。

无奈，只好选择放弃。一次，跟学校船工（校园滨河，配船方便出行）闲聊，扯到这事上，他的一席话，让我拨开云雾见天日，心胸豁然开朗起来。

年轻的时候，船工老吴常在鄱阳湖上行船，在素有"东方百慕大"之称的险峻水域进出无数回。有一次，湖面突起大风，乌云汇聚水汽，能见度极低。风像吹叶片一样，把船吹得左摇右晃，大家都要晕了，等缓过来的时候，纷纷指责老吴方向走错了，要求掉头。只有老吴一个人坚持着，坚持往前走。他对大伙说："再往前走，就到刘家港了。我们去那里避风。"有人要来抢舵轮，老吴抽出刀来，逼退他们。大约一个小时，老吴把船泊进了刘家港。事后，大家才发现，如果不是老吴，船就开进了"东方百慕大"，有去无回了。

讲完自己的故事，老吴坐在船头，对我说："陈老师，我活了大半辈子，有些东西也看透了，比如走路行船，觉得方向对了，你就再往前走一步。做人有时候靠的是坚持。你既然喜欢写，就再坚持一下，也许，明年就好了。"

从这个老者的口中，我懂得了一种人生态度：向着对的方向，再往前走一步。

我将此谨记在心，坚持笔耕，不久，第二篇小文刊登在本地晚报上。此后，文章如花，一朵一朵，陆续在各地报刊盛开。这就是坚持的回报吧。

有一次，遇见一位老友。他说妻子与他分居近三年，每每提出离婚，她总是不同意，就那样僵着。与他聊了很久，我想起我的写作经历来，对他说："你应该再等等她，看她的反应。成功人生，就是顺着你觉得正确的方向，再往前走一步。"一年后，他告诉我说："我爱人回来了，一家三口，回归凡俗的柴米油盐的日子。感谢你的教导，否则，我就不会有今天了！"他再往前走一步，家的美好，并没有因为三年的分离而崩析。

最近，电影频道报道"父辈的青春——2010 谢晋电影回顾"在百老汇电影中心开幕。在开幕电影《天云山传奇》宣传活动中，主演石维坚深情回忆谢老在拍此电影海报时的细节。为了拍好海报，拍了很多次，导演谢晋都不甚满意，演员石维坚都有些撑不住了，谢导鼓励他，让他再坚持一下。最后一次刚拍完，谢导像孩子抖秘密似的，对他耳语道："这次相当不错了！"接着，谢导对大家说："上一次也还可以，如果不再坚持一下，就没有现在这么好的一张了。所以说，搞艺术的，有时候坚持往前再走一步，就是一个美好的天地。"石维坚说，谢导的这种"再往前走一步"的精神，是我们成功的保证。

从船工老吴到名导谢晋，他们无一例外地选择"再往前走一步"，选择一种执着的进取精神，选择一种硬朗的生活态度。

人生无所谓成败，我觉得，朝着自己坚持的方向，再往前走一步，都是值得的。很多时候，我们迷茫、烦闷、纠结、痛苦，甚至绝望，其实都没什么大不了的，只是缺乏"再往前走一步"的坚持与笃定。

被人信任的幸福

被人相信，是一种幸福，这种幸福如核裂变那般产生巨大的能量，丰富我们的人生，美满我们的际遇。我们是不是在恰当的时候，抛弃『不与陌生人说话』的阴冷之姿，也相信别人一回，赠予他人珍贵的幸福？

一次坐火车出游，我带着六旬老母和七岁侄女，队伍显得颇有些特别。为什么这样说呢？还得从网上看到的一个帖子说起。这是一个让年轻妈妈深感惊悚的帖子。一个老妇人带着六七岁的女孩，在火车上专找手里抱着婴儿的新妈妈套近乎，打探情况。下车出站后，一老一少拦截新妈妈，讨要她手里的孩子。女孩扯着年轻妈妈的衣角，边哭边说："姐姐，谢谢你帮我抱了妹妹，现在你把妹妹还给我奶奶吧！"老妇人也不闲着，生拉硬拽，要从年轻妈妈手里抢夺宝宝。更恐怖的是，一老一少的同伙已然将年轻妈妈围将起来，她和怀抱里的孩子无路可逃……

　　母亲与侄女，与帖子里抢夺孩子那一老一少，不谋而合。巧的是，我们对面正好坐着一位怀抱着几个月大孩子的年轻妈妈。好在，母亲和侄女都不怎么说话，只是很亲切地打量对面的女人和孩子。

　　对面的这个孩子让我情不自禁地想起女儿来。于是，没话找话，问询开来，诸如孩子几个月，是男孩还是女孩，孩子吃什么牌子的奶粉等等。她很热情，开心地一一作答。孩子是天然的融合剂，再陌生的人，由孩子牵线，大人都会热络起来——带过孩子，这种感受会很明显很深刻的。

　　渐渐地，横隔在我们中间的陌生之墙被撤除了，彼此亲密起来。我哄她的孩子，小家伙居然伸出手来，索要我抱。她很自然地放手，任我接抱孩子。母亲见是男孩，很是兴奋。她老人家天然地亲近男孩，从我手上抱过那孩子去，逗孩子也逗自己乐。这个时候，小侄女也没闲着，站起来，摸摸孩子的脸蛋，抓抓手，亲热如待我的女儿。

　　年轻的妈妈没有丝毫的紧张与局促，反而有如释重负之感，不时地甩甩胳膊揉搓手。抱孩子太久，真的很累的，这个我深有体会。

　　临近下车，我很扫兴地提醒她："你看过网上的那个帖子吗？有人在火车上套近乎，下车后就抢夺孩子？"她说："看了呀！"我问："你不怕我们？"她笑得很甜，说："从你们眼里就能看得出来，你们是善良的，友好的。我相信你们。"

被一个陌生人如此信任，那一刻，我感受到一种从未有过的幸福。

被人信任是一个温暖的磁场，滋啦滋啦地辐射出人性之暖来，让如我般漠然行走于江湖，奉行"不与陌生人说话"的冷硬之人，软下来，暖起来。人生幸福多不易，被陌生人信任，则更难。这种难得的幸福感觉，在我出站之后，真切袭遍周身，抬头望去，天蓝云白，树绿气爽，一切都是那么美好。

之后，好友转来一项新业务——写电影剧本。这个可是我等从未涉猎的领域，说实话，心里一点底都没有。好友说："我相信你的，咱们一起弄吧！"联想起火车上遇见的那位年轻妈妈，被人信任的感觉再度袭来，让我莫名地感到快慰，顿时有了动力和勇气。后来，我们几个一起将南昌本土首部数字电影剧本搞出来了，并通过相应渠道，正式送到审稿专家的案头。

被人相信，是一种幸福，这种幸福如核裂变那般产生巨大的能量，丰富我们的人生，美满我们的际遇。我们是不是在恰当的时候，抛弃"不与陌生人说话"的阴冷之姿，相信别人一回，赠予他人珍贵的幸福？

毕竟，世上还是好人多。毕竟，幸福总比冷酷更好。

人生是一场用心等待

等待一场花开，等待一个人到来，等待一个地方次第敞开，等待一种风景款款迎候，在时光中等待，用日月之笔，为人生描摹最绚丽的色彩。

看了一个电视访谈，是关于美国纪录片导演 Jessica Yu 的成功人生。这是一个用心做自己事业的女人，而一度她的人生状态，只能用两个字来形容：等待。

1966 年，Jessica Yu 生于美国，父亲是上海人，母亲是广东人，作为一名华人后代，父母给她取了好听的中文名字——虞琳敏。大学学的是英国文学，初入社会，虞琳敏却选择了自己热爱的电影事业。昔日同窗、现在的丈夫马克·塞尔斯曼非常支持她，陪她来到了旧金山，这里有各具特色的艺术电影，还有颇具影响的"旧金山电影节"。虞琳敏在一家制作公司打零工，给人打打下手，甚至帮人停车。只要这些活跟电影搭上了边，她就觉得很快乐，很幸福。只要自己能等一等，再等一等，她深信总有一天，会真正干上电影工作的。

在旧金山学来技艺之后，虞琳敏又拉着丈夫来到了世界梦工场——好莱坞，进入一家制作纪录片的公司，由此定下人生的基调——做纪录片。学习的过程，也是在等待，就像一只小鸟静静地等待自己的羽翼丰满。

真正摄制纪录片的时候，她才发现，一切都是那么难，最难莫过于筹钱了。有时，投资商明明答应给钱，却偏偏不能按自己的时间表到账，只有等了。有时候，终于等来了，却被设定了各种条件，只好放弃，再等下一家了。实在等不及，她也有办法，看菜下饭，量力而行，用自己喜欢的方式制作好。答案就藏在片尾名单里，一长串，全是家人，有父亲母亲兄弟姐妹——她拍电影，家人买单。

在拍《重现昔日的人》的时候，虞琳敏再次遭遇资金链断裂，唯一能做的，只有等待。在等待的那些日子里，她也不闲着，试着拍了一个短片。她找来一种非常酸的糖果，让男女老少来吃，拍下他们吃糖时的表情。有一个小女孩，满怀好奇，吃了虞琳敏递过来的糖果，一含进嘴里，居然被酸得哇哇大哭，有意思的是，哭过之后，她竟然伸手再要一粒糖。等待的间隙摄制完这个的短片，虞琳敏感到很充实。后来，这个名为《酸死人的糖果》的短片获得了圣芭芭拉电影节最佳记录片短片奖等多项荣誉。

有一天，美国太平洋通讯社的 Sandy Close 找虞琳敏，建议她拍摄马克·布莱恩。马克是一名作家，从小患有小儿麻痹症，生命离不开呼吸机，整天生活在"铁肺"里。奇特的生存境遇，让他有与众不同的视角，作品里满是生命赞歌。虞琳敏深知自己拍的片子滑稽娱乐成分居多，对于这种严肃题材，心有所虑，不敢接下来。

后来，虞琳敏读了马克·布莱恩的诗文，深受感动，于是，欣然开工，拍摄纪录片《呼吸的代价》。限于马克生活的特殊状态，纪录片的拍摄期前后长达一年多，有些场景无法布置，只有等待。摄制《呼吸的代价》，虞琳敏不仅出色地完成自己的工作，而且，还和马克交上了朋友。片子完成后，二人仍保持亲密的友谊，直到马克的生命终止。

静静地等待，时光中，静静地流淌着生命的美丽。

后来，虞琳敏凭借短片《呼吸的代价》(Breathing Lessons : The Life and Work of Mark O'Brien) 获得第70届奥斯卡最佳纪录短片奖。她是世界上第一个获此殊荣的华裔女导演。因为没钱买华丽的晚礼服，向别人借也一直没有结果，她只好烦躁不安地等待。后来，一家珠宝商借给她一套衣服，价格居然比她的电影成本还高。所以，她的获奖感言里，有这么一句："当你的行头比你的电影预算还要贵的时候，你会意识到，你离成功不远了。"此语荣登当年奥斯卡十大妙人妙语。当然，此一语道出了一个纪录片导演在等待时的那份艰辛与无奈。

后来,虞琳敏陆续拍摄了《活着的博物馆》《白宫风云》《美国梦》《实习医生格蕾》和《乒乓世家》等影响巨大的纪录片。

看完这个访谈,我想说的是,人生是一场用心的等待。有一则小故事,读来让人备感温馨,触及内心最软最明处。有一次,铁凝冒雨去看望冰心老人。冰心先生问:"你有男朋友了吗?"铁凝说:"还没找呢。"九旬老人语重心长地说:"你不要找,你要等。"等待看似无奈,其实是在草尖迎候露珠,黎明期待太阳,是生命中一团即将燃烧的火焰,是灵魂深处濒临爆发的激情。

等待一场花开,等待一个人到来,等待一扇扇门次第敞开,等待一种风景款款迎候,在时光中等待,用日月之笔,为人生描摹最绚丽的色彩。这个世界,总有一些事情一些人,值得我们等待;总有一些山水一些物件,值得我们等待;总有一些感情一些歌,值得我们等待。因为,人生是一场用心的等待。

你失去太多了吗？

失去与拥有，只是心灵刻度上两颗准星，心的指针偏向哪边，有时，并不取决于物质的多寡，而仅仅是灵魂的重量和生命的当量。看重拥有，自然不会觉得失去太多。生命当量足够大，任何一种失去，都不会有什么分量，甚至在心灵之湖中，激不起一丝涟漪来。

多与少，好与歹……在心灵的天平上，人们总是习惯性趋向利己的一方。如果命运的指针必然指向少与歹的一端，埋怨始生，痛苦顿生，烦恼丛生。

心情阴郁的时候，常低叹："如果当初不那样的话，我至少会比现在活得好，有幸福的家庭，过快乐的日子，甚至美名日隆，雅传四方。"也常听见别人喋喋不休地指责："老天爷真是有眼无珠啊，怎么让他这样的人香车宝马，出入奢华？其实，我哪一点比他差？我怎么就混得这么背呢？也罢，也罢，只有认命了。"

人热衷比较，纵向，与自己的过去相比；横向，与周围人相较，结果如出一辙：我失去太多，世界予我太少！

一日，读到一则关于霍金先生的材料，内心冷不丁地翻涌起一股清凉之意来，发热的大脑温度骤降，驱散淤积于内心的怨尤，不知不觉内心渐趋安宁。

霍金是英国著名物理学家，被誉为继爱因斯坦后最杰出的理论物理学家之一。然而，天妒英才，他不幸罹患肌肉萎缩性侧索硬化症（卢伽雷病），近乎全身瘫痪，不能发声，只有几个手指稍稍能活动。1998年，他出版了《时间简史》，销量高达1000万册，成为全球最畅销的科普著作之一。

那一次，霍金在公众场合露面，一名记者站起身来，手举话筒，劈头盖脸地抛出一句尖酸的问话："请问霍金先生，卢伽雷病让你永远固定在轮椅上，你不认为你失去太多了吗？"只见霍金轻轻敲击电脑键盘，背后大屏幕缓慢而坚定地进出这么一行文字——我的手指还能动，我的大脑还有思维，我有终生追求的理想，有我爱和爱我的亲友。对了，我还有一颗感恩的心。难道，我失去太多了吗？

在霍金的心灵天平上，遍布着等待与努力、受惠与感恩、现实与理想、阴暗面和阳光面等诸多准星，指针都自觉地对准目标，熠熠光辉照亮阴冷的现实——僵直的身子。有这样的心灵指向，心态能不好吗？所以，霍金虽身处极度困逆之境，人却一如春风拂面，和悦欢颜。如此澄明的心境，埋怨、痛苦和烦恼，又何处安生？

身处逆境中的人们，不妨想想霍金那金玉般的良言，再扪心自问一下："我真的失去太多了吗？"

失去与拥有，只是心灵刻度上两颗准星，心的指针偏向哪边，有时并不取决于物质的多寡，而仅仅是灵魂的重量和生命的当量。看重拥有，自然不会觉得失去太多。生命当量足够大，任何一种失去，都不会有什么分量，甚至在心灵之湖中，激不起一丝涟漪来。

第二辑

少年心 青春何处才散场

检视初恋，谁不是在那个最美好的年纪，爱得一塌糊涂，败得一败涂地？初恋进入婚姻，是极为奢华的幸福，其概率远小于摸彩中到五百万。上天对此相当吝啬，所以能享受这种幸福的男女，人世间少之甚少。

青春何处才散场

凡此种种疑问，经历初恋失败后才明白，那一刻的到来，不是十八岁，不是毕业，不是出去做工，不是离家远去，而是初恋失败。儿时一起疯疯癫癫的玩伴都走远了，连同那个在朦胧时节明丽了情感时空的初恋情人，走远了的人，把多少细碎的日子都碾成无情的过往。初恋失败了，青春就此散场。

对于一脚跨入中年的男人来说，初恋已是遥不可及的童话。都说初恋难忘，可不知什么时候起，那些曾经刻骨铭心的初恋细节，已淡如云烟，飘散得很远。偶尔想到过去的人事，忆及初恋的时光，也是水波不兴，平静复安然。

这般年岁，突然想起初恋来，只因一袋红豆冰。

"我叫BOTAK（光头的意思），是卖咖啡的儿子。我最喜欢跟在她后面，就像一起上课一样。不知道可以不可以用青梅竹马来形容我们。"这是电影《初恋红豆冰》开头语，一个略显沧桑的男孩，深情款款，回忆和他一起长大的女孩"打架鱼"，还有那相处一起难忘的旧时光。

在马来西亚的一个僻静的小镇，孩子们玩玻璃弹珠、打架鱼、吃红豆冰，那时风清天蓝，海边水鸟咕咕叫，那时没有手机，没有网络。跶一双鲜红木屐，留下一路清脆的喀哒声，这就是 BOTAK 深深喜爱的女孩"打架鱼"。只听过斗鸡和蟋蟀，却没听说过鱼也可以用来斗狠比输赢。从小被父亲抛弃的女孩周安琪用硫酸水养的打架鱼，所向披靡，同伴都喊她"打架鱼"。孤独中，她养成要强的个性，表面冷酷，动作干净利落，特别是蓄个男生头，看上去很强大，却掩盖不了内心的柔弱。

"打架鱼"从小就喜欢 BOTAK 跟屁虫似的跟着自己。起初的两小无猜，跟着好玩，及至长成多情少年，BOTAK 打心里爱上了她，索性依风顺水，像小时候一样跟着，跟着跟着就跟进了她心里。却都不说，眼里流动一波一波明媚的忧伤，就像海边叫得凄凉的海鸟。

初恋时，都吝惜自己爱的表白，是不懂，也不敢，还有那么些不好意思。

BOTAK 是个木讷的少年，泡不好一杯咖啡，没少挨父亲和哥哥的骂。郁结的心，在初开的情窦里化解了。这个内向且害羞的纯净少年写了一封又一封信，又都付之一炬，最后下了狠心，将情书压在"打架鱼"的杯子底下。机缘巧合，它离奇地丢失，不知去了何方。他将所有的爱，凝聚在自己的画笔之下，画"打架鱼"，她的或喜或忧的脸庞明丽在一张又一张画纸上。

对她无所不从。她说过要去很远很远的地方，去找爸爸，一句话，他就陪她去很远的槟城找。见了父亲之后，这个对母亲冷酷了十几年的女孩，融化成了水，她把打架鱼放回了大海，骑着自行车带母亲在清风里周游。她快乐，BOTAK 就高兴。但高兴却总是那么短暂。从小玩到大的男孩马麟帆威胁他说："从今天起，'打架鱼'，就是我的女人……你最好看都不要看她一眼！"这个整天发誓要"切掉"的男孩，吓唬不了胆小内向的 BOTAK，却给他内心带来一丝酸楚，还有不小的猜忌。

BOTAK 和"打架鱼"，多少误解多少爱怨，都在背靠背的依恋中，化成蓝天白云下的一抹清纯，蜻蜓看见了，海风也听见了。两个人的爱恋，混在一群人的爱与不爱中，纠结成一个永远理不顺的青春之谜。"我喜欢她，她喜欢他，他喜欢她，她也喜欢他……"

在爱情的十字路口，"八角恋"不期然地碰头，BOTAK 和"打架鱼"的初恋，在重重误会中，彻底走到尽头。

"打架鱼"跟母亲远走新加坡，BOTAK 拎着一袋红豆冰去送行，遭遇了两起车祸，一场告别，经历了死里逃生。那封信终究还是没有送出去，他留给她的只是一句："周安琪，再见！"第一次没喊她的绰号，很正式地叫她的姓名。车穿行在雨里，"打架鱼"哭了。得知自己的画作获得全国大奖，BOTAK 端着咖啡放声哭泣。那幅画画的是"打架鱼"在一台旧电扇前吹风，画中人宛在，现实中心爱的女孩却已走远。

哭，是告别的最隆重的仪式。他和她在彼此看不见的背后，用哭声作别初恋。

《初恋红豆冰》是马来西亚华语歌手阿牛的电影处女作，融入了几个年代痴情男女的初恋情怀。初恋是什么滋味？电影结束时，阿牛这样说："就好像在最热最热的下午，吃几口红豆冰，又甜又冰，冷到舌头都痛了。但是来不及再去感受那个滋味，就溶化掉了。"

《初恋红豆冰》引进中国，遭遇到相当强势的张艺谋的《山楂树之恋》。讲的都是初恋故事，一个号称"史上最干净的恋爱"，另一个实则"史上最干净的恋爱"。默默相爱一场，BOTAK 的钟爱之人，远行去了另一个国家；静秋的心上人，远行去了另一个世界。他们的初恋都败得一塌糊涂。

检视初恋，谁不是在那个最美好的年纪，爱得一塌糊涂，败得一败涂地？初恋进入婚姻，是极为奢华的幸福，其概率远小于摸彩中到五百万。上天对此相当吝啬，所以能享受这种幸福的男女，人世间少之甚少。

还记得初恋时节，那个取成绩报告单的假日，她叫我送她一程，并不远，只是去另一个乡镇。我没有答应，只因借了邻居一辆破自行车，还停在镇上一家店铺门口，怕过夜被人偷，才急匆匆赶回去。此别之后，她换了人似的，不再理会我。我的自行车，BOTAK 的红豆冰，老三的冰糖和钱，还有世上多少红男绿女的初恋物什，共同构成失恋歌谱上的哆来咪。

初恋，是时间给我们的难忘回忆。回忆因了初恋的失败，硬塞进了忧伤和酸涩。

清清纯纯一少年，到底是在什么时候长大的呢？少年时总怨自己长得不够快，总感觉日子过得太慢，受到的管束太多，又总以为毕业遥遥无期，出门远行只在遥远的将来。

什么时候才会长大啊？

什么时候青春才散场呢？

什么时候才叫成熟呀？

凡此种种疑问，经历初恋失败后才明白，那一刻的到来，不是18岁，不是毕业，不是出去做工，不是离家远去，而是初恋失败。

儿时一起疯疯癫癫的玩伴都走远了，连同那个在朦胧时节明丽了情感时空的初恋情人。走远了的人，把多少细碎的日子都碾成无情的过往。初恋失败了，青春就此散场。

那一刹那，长大了。

爱要多纯

所谓纯爱，就像纯净水一样，不干净当然不适合人饮用，会喝坏身子；而太过纯净，也不能喝了，对人无益。纯，要有一个度，过与不及，都不好。

爱是两个人的芭蕾，纯不纯情并不重要，关键是两人要配合好，跳着跳着，打心里流淌出怡悦和爱慕来，才是最好。

纯爱，一听就很小资，幽雅中透着咖啡色的光泽。名导张艺谋用光影打造了一段遗世独立的"纯爱"。自电影《山楂树之恋》开机以来，关于纯爱的宣传铺天盖地。

读小说《山楂树之恋》的时候，感觉很平常。只是读到最后，静秋和老三话别，才深深为之感动。记得写作老师讲过，把一个人写死了，是作家的无能。静秋的故事，是纪实，不完全属作家原创。多少人都冲着这段真实的爱情而感怀，抹一把感动的泪。

真实的感情，总有打动人心的时刻，感人至深的细节。对于静秋和老三那些个爱的琐碎事，我想所有经历过初恋的人，都有同感。青涩年华，谁不曾纯情过？

一个要好的哥们，曾对我讲了他的爱情故事，只可惜我没有艾米的生花妙笔，要不然也会捣鼓出一个"苹果树之恋"之类的作品，流传于世。

他是农家子弟，考上大学后，与班上的一位脸蛋像苹果一样漂亮的女孩相恋。他们都是初恋。她来自大都市，他的父母是农民。他爱的表白是那么孱弱，苍白得如同他的脸色。

真的坠入爱河，顾忌有时像围栏，有时又像马拉松赛场上那道终点线，时而束缚住手脚，时而又诱惑人勇猛向前冲。后来，他才知道自己恋人的父亲是一位副省长。他曾带她回老家，一起在苹果树下，谈情说爱，甚至也曾在午夜悄悄潜入她家，在她闺房里甜言蜜语，却没有越轨。她说要保留到新婚之夜。他依了她，就一直忍着，强忍着。他曾在内心无数次自问："我是不是太傻？她是不是根本就不爱我？"没有结果的天问。

谈了八年，就算是一场战争也该收尾了，而他的爱情战却远远看不到未来，更不清楚结局。他提出了分手，她心有不甘。他说："我真的很爱很爱你。可是，我希望我们的爱能脚踏实地，而不是现在这样悬空。不上不下地吊着，太难受了。我不会再等下去了，但我会在来生等你。"他一个人头也不回地走进了自己的婚姻城堡。

故事的尾声是，在他走后，她终于发现了他的好，明白这个世界上最爱自己的非他莫属。再回首，他已是别人的男人。她疯了。清醒时，她会装做不认识他；发疯时，她会默默地对着他流泪。

一直以来，我觉得我的这位仁兄是没有找到真爱。她根本就不爱他，八年来，她只爱那种恋爱的感觉，或者是被人爱的得意和张狂。这个世上女人最美妙的爱的语言是那句："只要你要，只要我有。"而他的所要，哪怕是白天去她家，也不得实现。她的家庭坚决抵制着这场门不当户不对的恋爱。也许，她的留到新婚说，实属家庭高压之下万不得已的一种妥协。

朋友苹果版的"山楂树之恋"终结在 2005 年，距离静秋和老三的相遇整整三十年。看了《山楂树之恋》才明白，我那位哥们和她的前女友，不是不爱，而是纯爱——无性，有门第之差，两人都至清至纯，都曾忠贞不渝。

这么看来，纯爱的结局都不怎么美好，老三离世了，而曾站在他老家苹果树下的她也疯了。没有一个人的牺牲，世上就没有感人至深的纯爱。

所谓纯爱，就像纯净水一样，不干净当然不适合人饮用，会喝坏身子；而太过纯净，也不能喝了，对人无益。纯，要有一个度，过与不及，都不好。爱是两个人的芭蕾，纯不纯情并不重要，关键是两人要配合好，跳着跳着，打心里流淌出怡悦和爱慕来，才是最好。

为一份纯爱而感动世人，倒不如遇见一段平常的爱，在岁月的打磨中，牵手到白首。

为爱守密

每一个秘密的背后，都深藏着一个爱与不爱的故事，忠贞与背叛，正义与邪恶，顺遂与苦熬……尽在其中，无情激烈地交锋。爱一个人，爱一件事，爱眼前的拥有，爱春花秋月的爽洁，爱在高山上不断攀爬的灵魂。深爱之人，用生命打一个隐秘的结，便成了滴水不漏的秘密。

走过青春才明白，初恋时不懂爱情。那般期待，那么欣喜，终被几许无奈和几分伤感所覆盖，忧郁如乌云堆卷。曾看过一部青春题材电影，淡忘了大部分，有一个细节却难以忘却。少男少女初萌恋情，不知如何表达。在空旷无人的夜操场，少男对少女说："我告诉你一个秘密吧！"少女很开心，调皮地说："好啊！"很夸张的样子，是想掩盖内心的紧张与羞怯。以为少男会说出那三个字，没料到，他真心实意地道出一个身体的秘密。他说："我小便的时候好奇怪，会分岔啊。看别人好像没有耶。"少女说："真的会分岔吗？不过，我不懂噢。"少男低下头，很不好意思地说："你要替我保守秘密啊！"少女也低下了头，我想，她一定脸红得像红富士了。

别人的秘密，你能保守多久？一时，还是一生？电影里的女孩如果转身散播了去，定是心无此情的，而若是守护一生，此情则灿若星河，男孩便可安享爱情之福了。

我始终认为，真爱是从交换秘密开始的，久而久之，所换秘密多了拢聚成阳光下一片隐秘的妖艳风光。

女人的嘴有时像多情的蒲公英，经风一吹，无数花事飘散开来，柔润且密集。有人说，如果你想让一个人知道，就告诉不解风情的木讷男；如果你想让很多人知道，就告诉处处招惹是非的娱记；如果你想让全天下的人都知道，只要告诉身边的女人就行了。此说有夸张之嫌，不过，从另一个层面阐释了女人嘴上的功夫。

妇之长舌，本源还在内心。没有一颗保密的心，哪会有一张严实的嘴？俗话说："嘴是两张皮，说话有改移。"一个女人无守密之心，有改移之嘴，会陷自己于万劫不覆之深渊。认识一个多嘴女人，舌头搬弄乾坤，她言人长短，评头论足，起兴一句是："他那点破事谁不知道啊！"怵她的，唯恐避之不及；喜她的，扑火的蛾子一般涌去。终于有一天，她对人家的老公飞短流长，被他的女人狠斗了一回。结果是，她的额头永远印上一块疤痕。舌头的罪过，额头埋单，真够冤的。

对于秘密，女人不守则已，一守惊人。女人守起密来，其能量之大，足以撼动星河。

电影《朗读者》说的是一个关于秘密的故事。36 岁的电车售票员汉娜，一个大字不识的文盲，偶然帮助了一次 15 岁的迈克·伯格——一个不幸患上猩红热的男孩。3 个月后，迈克病愈，去感谢汉娜的救命之恩。在汉娜的屋子里，两颗自闭已久的心灵，拔开情欲的引信，将爱情火药桶点燃。沉陷爱情中的汉娜，喜欢听迈克为她朗读。爱人有声版的《荷马史诗》《带小狗的女人》和《战争与和平》让她与故事中的人物同歌哭。

那个夏天，他们透支了一生的快乐、幸福和爱。汉娜的不辞而别，使得这段爱情走到了终点。8 年后再见，迈克作为实习生，参加一个对纳粹战犯的审判，而坐在被告席上的战犯，竟然是汉娜！她很坦诚，担待一切罪责，哪怕其他罪犯一起陷害她。她终因不愿提笔写字做笔迹比对，被判终身监禁。回想往事，迈克明白，自己曾深爱的这个女人，其实是不会写字的文盲。他怕自己与她相爱的秘密会被公开，拒绝为汉娜澄清事实。汉娜这个弱女子，用残存的尊严，用剩余的生命，严守自己卑微的秘密……

用秘密这根细微的线串起正义、爱、罪与罚等宏大的命题，是对普通人的残忍，对伟大爱情的撕裂，每个知情者闻之无不欲哭无泪。为了维护秘密，汉娜不惜一切代价。

还有一个女人，和汉娜一样，守口如瓶，她就在我生活的城市。新闻里说，她离婚多年，遇上一个正在闹分居的男子，相爱缠绵。她问过他："如果我们不能结合，你能不能将此事带进棺材呢？"他一脸的风轻云淡，说："当然可以，与人说这些，丢死人了。"谁知，此男将隐秘之事四处宣扬。他的食言，让她对守密深感恐惧，最后，选择用生命去守护。她死了，真的做到了把那个秘密带进了棺材。而轻薄男子，却将秘密当作飘萍，任凭风吹雨打水流去。他一定是不爱了，或者从开始就只是玩弄感情。而她还在爱，爱他，爱当下的生活，爱清白之身，有人打破此爱，便以死守护那个秘密。

每一个秘密的背后，都深藏着一个爱与不爱的故事，忠贞与背叛，正义与邪恶，顺遂与苦熬……尽在其中，无情激烈地交锋。

爱一个人，爱一件事，爱眼前的拥有，爱春花秋月的爽洁，爱不断攀爬的灵魂。深爱之人，用生命打一个隐秘的结，便成了滴水不漏的秘密。

爱要说出来

爱，要润物细无声地表现在行动上，更要大气磅礴地用语言表达出来。唯有说出爱，那些张口就会溜出来的伤害亲人的恶语，才会被挤兑出我们的语言阈值之外。

亲人，无须设防。正因如此，嘴里无心流泼出来的伤害之语，也最具杀伤力。国人最不待见的是对亲人的爱，延伸开来，更不待见的是对亲人爱的颂扬。亲人的爱，感觉都是应该的。对亲人施予的伤害，好像也是理所应当的。

如果哪个孩子对父母说一声："我爱你！"父母一定会觉得很别扭，半天也缓不过神来。父母之爱，表现在为孩子的吃穿住行及学习诸般事儿上，无微不至的关心，大包大揽。父母也极少对长大的孩子说："孩子，我爱你！"总以为爱融入行动中，就足够了，说出来，多不好意思啊！把爱说出来，有时真难，难于上青天。

偶看一段网络视频，泪涌之际，猛地悟到，爱要说出来。

视频的主角是演讲家邹越。他在松源市实验高中作演讲，台下坐着学生和家长。邹越在台上讲的一个故事：

苏州一名女高中生，因没考好，妈妈说了她一句。一气之下，"咣当"一摔门，她离家出走了。妈妈发动所有的亲友去找，怎么也找不到。因为出门时没带钱，她一个人孤苦伶仃，乞丐似的在大街上流浪。夜幕降临，寒风吹来，她饥肠辘辘，站在一家大排档前，涎着口水，眼泪汪汪地看着人家捞起一碗碗面，然后端到各个桌台上。那一刻，饥寒交迫的她恨透了妈妈，觉得妈妈是这个世上最坏的女人。女老板见她可怜，递给她一碗面，说："孩子啊，是不是跟家人吵架了，饿了吧，把这碗面吃了，吃完赶紧回家吧！"女孩感动万分，一下子吃完这面碗。她跪下去向女老板磕头，说出了自己的遭遇，并且感叹："老板啊，你是我的恩人，我要感谢你！你比我妈妈好一万倍！"女老板厉声说："孩子啊，就凭你这句话，这碗面我都不该给你吃啊！你我素不相识，我只是给了你一碗面，就这么感谢我，不应该啊！你妈妈辛辛苦苦养育了你十几年，你怎么不感谢你妈妈呢？你还在恨你的妈妈，你应该感谢你的妈妈啊！"

女孩恍然大悟，谢过之后，赶紧回家，推门一看，母亲正晕倒在床。

邹越感叹道："正所谓，儿行千里母担忧，母行千里儿不愁啊！"

故事讲到这，现场已有不少孩子在擦眼泪了。邹越要求在场的每一个高中生，面对父母，正眼打量一次自己的父母。邹越说："同学们，请仰起头，对着天空，今天你跟着我大声学会爱的语言，大声地跟着我喊出来，没有羞涩，没有不好意思！"

整个操场回荡着排山倒海般的爱的语言——爸爸，你辛苦了，爸爸，我爱你！妈妈，你辛苦了，妈妈，我爱你！爷爷奶奶外公外婆你们辛苦了，我爱你们！

全场的高中生起身抱着自己身旁的父亲或者母亲，静静地拥抱三分钟，用自己熟悉、习惯的语言，表达自己对父母的爱。

说出来的爱，让在场的每一位家长都泪流满面。

看这段视频的时候，我的泪一浪一浪地往外涌，很久没这么恣肆流泪了。这一种场面，我从来没有见过。我想，在场的所有孩子也是第一次仰天发出爱的语言，家长们也是第一次近距离聆听孩子对自己爱的表达。那一个拥抱，也许是每一个家庭都久违了的呢！

如果不是邹越那极富感染力和极具煽动性的话语，把现场气氛调动起来，在中国要见到如此赤热、如此真诚、如此大声的爱的表达，应该是非常之难的。

爱，要润物细无声地表现在行动上，更要大气磅礴地用语言表达出来。唯有说出爱，那些张口就会溜出来的伤害亲人的恶语，才会被挤兑出我们的语言阈值之外。

最温暖的地方

母亲的胸膛是每一个人的心灵原乡，灵魂的寓所。如果你是年轻的妈妈，在知道这些后，还会吝啬自己温情的爱抚和温暖的胸膛吗？

全球每年都有不少新生婴儿患有体温调节暂失症，这些可爱的小宝宝离开母体恒温世界后，无法适应自然温度状态。气温的骤升骤降，对这些不能自我调节体温的婴儿来说，无疑是致命的隐患。

美国哥伦比亚一家医院为了收治这样的婴儿，特意腾出一部分病房，设立恒温箱，让宝宝们生活在类似母体环境中，直到有了自我调节体温的功能后，才将他们取出。

然而，随着这类婴儿越来越多，恒温箱远远不够用，医患双方都十分着急。这时，一个喜欢看动物节目的医生斗胆向院方提出自己独特的创意——用保温棉布包裹住孩子的头和脚，将他绑在妈妈胸膛里。他的这一天才创意来源于活跃在澳洲的袋鼠。草原上那一只只袋鼠不就是把孩子放进胸膛，用自己的体温去温暖年幼的孩子吗？

院长迫于现实的无奈，批准了这项代号"袋鼠哺养法"的计划。先期赶制出来的十套保温布兜，把患儿赤身绑在妈妈的胸前，头戴一顶小帽，脚裹一双小袜，完全靠母亲的体温来温暖自己。

效果出奇地好。那些"袋鼠孩子"比生活在恒温箱里更安静，更健壮，而且更早拥有体温调节功能。科研人员经过深入研究，认为这些孩子吃母乳方便，受到母亲的抚摸更多，生活的环境比恒温箱里更舒适。

如今，在哥伦比亚这家医院，婴儿袋鼠哺养法逐渐风行起来，年轻的妈妈都知道自己的抚摸是对孩子最好的爱，自己的胸膛是孩子最温暖的地方。

母亲的胸膛是每一个人的心灵原乡，灵魂的寓所。如果你是年轻的妈妈，在知道这些后，还会吝啬自己温情的爱抚和温暖的胸膛吗？

母亲传给我的两滴水

古话说得好：流水不争先。读书不能靠一时性急，想读就猛读一气。你看，这水慢慢地流啊流，它不去争先后，而是在一点一滴地积蓄力量，到时候，有力量了，还在乎什么先后呢？

　　我的母亲是一个没有多少文化的农家妇女，小时候因为家里穷，她连初小都没上完。在我的成长路上，母亲并没有因为自己缺少文化而忽略对我的教育。她总是用乡下常见的东西，比如水，来开导我，开启我混沌的心灵。

　　年少时候，母亲曾在无意之中传给我两滴水，至今我仍然铭记在心。人生道路上，这两滴水给予我的力量和智慧，远比书本上的文化知识来得深刻和丰富多彩。

流水不争先

　　10 岁那年，我开始上三年级了。村里流传这么一种说法：

读书读到三年级，爹妈管教要加紧。开学之初，村小的老师来到我家，对我的父亲母亲说："你家的伢子读三年级了，对他的学习要抓紧一点，管严一点，三年级是一个关啊！"

此后，我去上学的时候，母亲总不忘叮嘱一句："在学校里要好好读书！"在这之前，她总是这么说："在学校里莫跟别人打架！"

一个星期天，母亲提着桶子到门前小溪里去洗衣服，我夹着语文书也跟了去。阳光明媚，风清云淡，小鸟在树上鸣叫，树叶在风中跳舞，我坐在溪边一块岩石上，捧着课本一本正经地朗读。

母亲停下手中的活，对我说："宏仔还在看书哇？"

我说："是啊，老师说要抓紧点嘛！"

母亲指着溪水说："古话说得好，流水不争先。读书不能靠一时性急，想读就猛读一气。你看，这水慢慢地流啊流，它不去争先后，而是在一点一滴地积蓄力量，到时候，有力量了，还在乎什么先后呢？"

我问："妈，你是不是不要我看书啊？"

母亲说："不是不要你看书，而是该看书的时候就好好看，该玩的时候就尽情地玩。你越要争先，越争不到先，做什么事都要慢慢来，一口吃不出一个胖子！"

母亲的话一说完，我就扔下书本，一头钻到皂角树林里，采摘皂角。在我看来，那是再好玩不过的了。那个阳光灿烂的上午，我在皂角树上尽情地享受着玩耍的快乐，母亲洗好衣服的时候，我的衣服兜里装满了青嫩的皂角。

从此，我的脑袋里装下了这么一句话：流水不争先。

满水不供家

上初中后，因为学校离家很远，我只有在周末才回一次家。那个时候，我们开始注意锻炼身体，发誓要练出一个男子汉的身材来。每天早上，我和同寝室的同学早早起床，在一颗树下扔沙包。就这样，长了不少劲，身体渐渐有了男子汉的样子。

那次回到家，为了展示自己的男子汉风度，我主动帮母亲提水。母亲看着我提着两个水桶，眼角露出欣慰的笑容。那一刻，我觉得自己真的长大了。

我家在院子里自掘了一口压水井，把水桶放在出水口下，只消轻轻地压，井水就源源不断地流出来。我用力地压水，出水口的井水喷涌而出，不一会儿，两只水桶满满当当地盛着清澈的井水。

母亲从厨房追了出来，冲我喊："宏仔，你莫把水装得太满，满水不供家哩！"

我说："没事，我提得动它！"

当我左右开弓一手提一只盛满水的木桶，只听见哗哗的泼水声，井水沾湿了一路。

在厨房，母亲说："你看，满水提到屋里，还不是少了一大截？"

　　我没有去理会少没少水，而是疑惑不解地问："妈，'满水不供家'是什么意思！"

　　母亲说："水装得太满了，不就泼了吗？做什么事都是这样，不能太过头了。"

梦中的额吉

世间的妈妈，还是不要人为把自己变成孩子梦中的额吉吧，莫在孩子年少时离开他，莫让孩子在家里苦苦盼望、深深思念远方的妈妈。妈妈在孩子身边，远比在孩子梦中好。

看不得孩子哭泣，一看定会眼泪汪汪，不是我眼窝子浅，或许是一种本能吧。内心悲悯使然。六一节前夕，电视新闻铺天盖地报道孩子，关爱的目光也普照到留守儿童，看到一个孩子在爱心人士帮助下，通过网络视频看见阔别已久的母亲，孩子泪涕涟涟，那边母亲更是不住地抹泪。母女二人任怎么哭着，脸上却挂着一弯浅浅的且也舒心的笑容。不笑不打紧，这一笑，让我鼻子一酸，一串泪珠生生给扯落了下来。坐在边上的女儿定定地看我，吃惊地问："老爸，你怎么哭了？"能说什么呢？只是不停地解释，没哭没哭。

更见不得孩子身边没有妈妈。正如歌中唱的那样，"没妈的孩子像根草",可怜处哪能细数得过来？儿时，听过一句民谚："离得了当皇帝的爸，少不了讨饭的娘。"怎么也理解不透。直到看了那场电影——台湾拍的《妈妈再爱我一次》，母子离别时那肝肠寸断的苦痛，孩子小强声嘶力竭的哭喊，哪怕是块石头也会泪涔涔，悲戚戚。生别离，最难是母亲和孩子分开；生苦痛，最深莫若孩子从小没了娘。

看了一个视频短片，来自内蒙古呼伦贝尔大草原的年仅12岁的男孩乌达尔，在一个选秀舞台上，准备唱蒙古族歌曲《梦中的额吉》。

主持人周立波问小乌达尔："梦中我知道，额吉是什么意思啊？"

乌达尔说："额吉就是妈妈的意思。"

周立波问："你为什么会选择这首歌呢？"

乌达尔说："因为我想妈妈的时候，就会唱这首歌。"

周立波说："告诉我妈妈在哪里呢？"

乌达尔说："妈妈在天堂。"

乌达尔缓缓地唱起来，歌词一点儿也听不懂，曲调简单，旋律悠扬，透着大草原茫茫苍苍般的空旷和辽远。但有前面这段对话作铺垫，我们都明白——字字句句里都是一个孩子对母亲的思念，那简单的旋律，是一个孩子对天国里的母亲发自心底的呼唤。这首歌曲我们不需要听懂歌词，就知道唱的是什么。孩子对母亲的思念，不需要翻译，此情是人心里互通的河海。

就在这个录制现场，笑侃天下的周立波无法自抑，为了平复激烈的情感，只好让在座的一女评委顶一把。这个小男孩没有哭泣，平静地，甚至面带微笑地唱完这首歌，现场已有不少观众抹泪。

乌达尔的苦，苦到了极端，而他面对观众，却带着草原般纯美的笑。我坐在电脑前，听着乌达尔的歌声，泪水盈眶，眼睛轻轻一眨，泪像断线的珠子一样，掉落下来。相信和我一样的人，不在少数。这段视频在网络流传开来，点击量呈几何数级增长，许多自认为是铁石心肠的网友，"眼泪也不争气地掉下来"。

世上每一个人，都心疼没妈的孩子；人间每一颗心，都会关心思念妈妈所带来的深深孤独。"投进妈妈的怀抱，幸福享不了；离开妈妈的怀抱，幸福哪里找？"这个世界，妈妈是孩子的天与地。没妈的孩子，就是天塌了地陷了，世间千般苦，唯以斯为最重。

我想说的是，世上的妈妈，还是不要人为把自己变成孩子梦中的额吉吧，莫在孩子年少时离开他，莫让孩子在家里苦苦盼望、深深思念远方的妈妈。妈妈在孩子身边，远比在孩子梦中好。

因为，妈妈的怀抱是温暖孩子一生的心灵原乡。

父亲是海

我是沙

父亲是一滴水，滋润我的心田。滴水方见海博大，滴水更是父亲恩。父爱无以回报，我唯有将父亲对我的爱传往下一代，传给我快四岁的女儿——我那可爱的小宝。

父亲离我们而去，已有 16 个年头了。

这些年来，父亲临终前一年在他学校门口拍的照片，一直陪伴着我，放在电脑桌前，抬头就能看到他鲜活的容颜，闭眼就能看到他的音容笑貌，宛若犹在。转眼，我为人父也快 4 年了。当了父亲后，对"父亲"二字的理解，便有更深一层的领悟。

父亲是传统意义上的严父，不苟言笑的严厉，为人处世的凌厉，待人接物的宽仁与热心，都深深印在我的脑海。是的，父亲的微笑更多地施于他人，而非我这个至亲骨肉。很长一段时间，我都不理解。

而今，想起父亲来，突然迸出一个词——大海，刷新过去，填满我的思维空间。父亲是海我是沙，我只是父爱大海里一粒微小的沙粒。

父亲用他博大胸怀与宽厚之心收容我的任性与张狂，悦纳我所有的好与不好。有人说，父爱深如海。而我说，父亲海不仅仅是深度，更有其广度。于我而言，父亲是一本百科全书，我的苦楚与欢乐，烦恼与开心，失望和希望，梦想与现实，凡此种种，都可以在书中得到相应释义。每年清明上坟，妹妹泪流满目，哭着重复一句老话："爸，你走后，女儿心里有话，向谁说去呀？"父亲大海一般静默着，收存子女所有的委曲与苦闷，收受无尽的心事。

父亲这片海，给予我更多的是浪的汹涌，一层层翻卷，一次次冲刷，把我从大海深处推出，推向沙滩。很小的时候，父亲就对我说，要学会一个人忍受孤苦。母亲依顺我的时候，父亲总是断然喝止。刚上小学，我要扛凳去学校，父亲见我扛不动，困在别人家的屋檐下，冷冷地不施予援手。我那个委屈呀，泪不请自来。

现在才明了，这一细节注入了父亲海浪式的冷爱。

父亲常说的一句话是："千岁的爹娘保不了百岁的儿女。"我到镇上读初中后，父亲对我的严厉，花样不断翻新，时不时地来一句："你已经是中学生了，应该……"对我的标准线划得有大人那般高！我满肚里的苦水，无从申诉，气得几度想离家出走。

大海永远不会干涸，而沙粒会被风卷走。父亲说："孩子不可能永远窝在父母身边，好男儿志在四方。"他这么说着，也用貌似冷酷的言行实践。我就是父亲拼尽全力推出大海的那一粒沙，躺在沙滩上被风卷上天，飘落到很远的异乡。

那一年，我离开家，南下赣州求学，父亲低着声气，似乎耗尽一生气力完成这次长途送行。我飘远了。半年后，父亲飘得更远，去到遥远的天国。

父亲是一滴水，滋润我的心田。滴水方见海博大，滴水更是父亲恩。父爱无以回报，我唯有将父亲对我的爱传往下一代，传给我快四岁的女儿——我那可爱的小宝。

多年以后，我才真正读懂父亲，并理解了他。父亲那片海给予我的恩泽，日渐丰盈、朗润起来，越发生动了，我知道自己的生命源于斯，所有的信念、力量和热情，概源于此。

想念我的父亲，就像迷途的沙粒怀想大海——永远的故乡。

孩子的渴望

点燃梦想，有时是人生路上一个不经意的细节，甚至可以是陌生孩子眼中升腾起来的渴望。如果没有当年那个夜晚的遭遇，没有迎面碰上那三个满含渴望的孩子，也许胡玫就不会跨进中国第五代导演的行列了。

那时，她还是一名年轻的女兵，在部队话剧团里当演员，平时，逮着机会就去看"参考片"，都是耳目为之一新的外国电影。

那一次，她和朋友看"参考片"，凌晨一点多，原声电影没有翻译，只能瞎看人表演，剧中人说什么，一句也不懂。困意袭来，她有些坚持不下去了，拉扯朋友一起回去睡觉。可是，朋友正在兴头上，压根就没理会她。

她一个人落寞地走出放映室，推开半边门，另半边门突然轰的一声，几个孩子跌落在地。原来，这几个孩子，一个踩着一个，叠罗汉似的，在偷看放映室里的银幕呢。

那一刻，她睡意顿消，赶紧问孩子摔疼了没有。见她一点也不凶，孩子们定定地看着她，嘿嘿一笑，说："没事。"他们就一溜烟地跑掉了。孩子们眼中流露出的对电影无尽的渴望，让她有惊心之感。站在无边的暗夜，她突然有一种莫名的激动与兴奋，并为此树立一个远大理想——我也要拍电影，拍好看的电影，让外国人也像这些孩子一样喜欢自己的电影。

那时，她只是普通的话剧演员，偶尔看看电影，哪懂什么拍电影啊！可就是这个大得没边没沿的理想，让她在恢复高考的那年，毅然决然地报考北京电影学院导演系。

面试时，主考老师问她："你为什么要报考导演系呢？"

她眼中泛着眼花，把那个深夜所见说了出来，并对主考说："从那时起，我就想拍电影，让外国人也像那些孩子们一样，喜欢我拍的好电影。"

铭记着孩子眼中流露的渴望，带着自己的理想，她走进了北京电影学院。25岁那年，她导演了电影处女作《女儿楼》，终于实现了自己拍电影的梦想。

她就是中国第五代导演之一的胡玫，执导了电影《远离战争年代》《芬妮的微笑》和《孔子》等电影，以及《雍正王朝》《香樟树》《乔家大院》《汉武大帝》和《浴血坚持》等电视剧。虽说没有多少外国人像当年小朋友那样喜欢她的影视作品，但亿万中国观众却为之痴迷。

点燃梦想，有时是人生路上一个不经意的细节，甚至可以是陌生孩子眼中升腾起来的渴望。如果没有当年那个夜晚的遭遇，没有迎面碰上那三个满含渴望的孩子，也许胡玫就不会跨进中国第五代导演的行列了。

　　孩子的渴望是大人努力的方向。孩子的渴望是我们这个社会的净化剂和推进器。当年，解海龙先生一帧黑白的《大眼睛》照片，生动地体现了穷孩子对读书的渴望，令人震惊之时，让无数人为希望工程慷慨解囊。

　　获取孩子的渴望，找寻我们努力的方向，梦想就会在不远的地方向我们招手。如此一来，我们这个世界，就会充满微笑，盈满馨香。

失踪的孩子

不知那些个玩失踪的孩子们，一走了之的时候，有没有想到自己的家人，想到自己肩上本该承担的责任？

我曾写过一篇题为《喝酒的孩子》的文章，记述一个教过的学生和一个只有一面之交的记者，都是 80 后，用喝酒的方式融入社会，如一株迎风雨而长的树苗。成长如蜕，这一男一女两个 80 后，在我看来，是阳光的典型。我喜欢这两个孩子，在多种场合，提过他们。

有阳光的地方，定会有阴影。除了喝酒的孩子，其实还有另一个版本的成长，用黑镜头式的语言来描述——他们是失踪的孩子。

我认识的第一个失踪孩子，是教过的女大学生。上课时，她总坐在第一排，我一直很看好她，内敛却不乏青春锋芒，学习起来颇具张力。平时上课，我不爱点名。那一次，前排她坐的位置赫然空着，十分突兀。课后，我罕见地向第一排在场的同学问及她的去向。一同学的回答让我很惊心："不知道去哪了，死了才省心呢。"看她的眼神里放射的怒火，足以点着干柴堆。其他同学陆续补充：她去了河南周口，跟新闻系的男友去的，陷入传销窝里，不思归了。她被洗脑了，任何人的话都听不进，满脑子只有发财梦。

乡下的父母去拉她回来，在家呆了不到半天，又跑了。跟她最要好的同学交心交底地谈了一宿，答应留下来。同学这边通知她父母，不料，父母前脚到，她后脚就溜了。害得她父母骂那个她最要好的同学，也就是气鼓鼓的邻座女孩。

再打她的手机，就不接。

那个学期，她没有赶回来参加考试。她只要参加最后两次考试，就可以顺利拿到毕业证。这样不辞而别，只能算自动退学。看来，那一纸文凭根本系不住野掉的心。最苦是她的父母，辛辛苦苦养育女儿二十来年，就这样消失在茫茫人海。

一年后，那一班同学都毕业离校了，时光模糊了那一张张年轻的容颜，但我依然清晰地记得她，那个失踪的孩子。不知道她现居何处，在哪个角落飘泊，有没有回家看看自己渐渐年迈的父母？

另一个孩子，我不熟悉，但他的事儿却影响很大，无数人都震惊了。他是学校某个社团的成员，一度迷恋此社团的最高领导——外语系一漂亮女生。同在一个社团，难免有这样那样的接触，明显是他误解了，将她工作上的关心与支持，理解成情侣间的爱。

在一个微雨的春夜，他和那个女领导忙完了工作，准备各自回宿舍。也许是一厢情愿式的爱给他带来胆量，他猛扑向她，紧紧地抱着，深情表白："×××，我爱你！"她压根不知道他爱自己，这突如其来的一抱一表白，使她惊恐万分。她慌不择言："你干什么，要做什么呀！救命啊——"他吓得不轻，松开她，逃走了。

这一走，就永远走出了人们的视线。

第二天，他没来上课。他的班导、老师和同学都不知道他去了哪里。打他手机，关机。在 QQ 上给他留言，没反应。三天后，社团女领导找到他的班导和学校反映那晚的情况，大伙倒吸了口凉气，都在为这个性格内向的孩子担忧。

七天后，他的尸体从河里浮上来。他失踪得非常彻底，让所有闻听此事的人都深感震惊。人们不禁要问："孩子，可爱的孩子，怎么就走了这条路呢？"

当然，玩失踪也有玩得很有意思的。一位艺术系的女生，在一个初夏的清晨，突然失踪了。宿舍内，她将个人用品打包成一个小小的纸箱，其余的什么都带走了，去向不明。有人说回东北老家了；有人说陷入传销了；还有人说，玩浪漫呢，私奔去了……大家议论纷纷，说法五花八门。那一次期末考试，她也没有回来，足足一年，都没有她任何消息。

就在所有人都要忘掉她的时候，她回来了，精神饱满，神情怡然。她见我，还特意送给我一个竹制小酒杯。她说："老师，这个是我自己做的，您看，还行吗？送给您做个纪念哦。"我说："你怎么失踪这么久，不会是专门去制作这个小酒杯了吧？"她一笑了之，关于失踪不提一字。没有答案，内里的诸多故事，外人只好凭借经验妄自揣测了。

玩失踪，如果换在情侣间，找寻新鲜感，抚平怨怒气，不失为一种好方式。两个人之间玩玩，过后消气，理解，再深爱，是很不错的恋爱之道。但对于一个年过 18 岁，在我们眼里还是孩子的他们，玩失踪，却着实让人心惊，为家庭、为社会留下一道道无法磨灭的创伤和阴影。

不知那些个玩失踪的孩子们，一走了之的时候，有没有想到自己的家人，想到自己肩上本该承担的责任？

第三辑　心灵苑　给心灵点盏窗灯——

在世界诞生之前，天地鸿蒙一片，是光亮，开启宇宙成长之旅。光是先声，有了光，世间万物才有诞生的可能。人心亦是，心灵要有光，心灵里那盏窗灯没能亮起，人就没有敬畏之心，就会大无畏地摧毁人间的种种美好，无情地踩踏良心的底线。

给心灵点一盏·窗灯

像瑞典人那样迷恋窗灯贪恋光吧，点亮我们的心灵，驱逐周遭的黑暗，为他人送去温暖和祝福，即使身处无光之地，定会全身透亮，灿然胜春光。

请给自己的心灵点一盏窗灯吧，光明为人，磊落处世，为自己积福赢利，也为他人和子孙行善积德。

窗户是给屋子透亮的，却有人还觉不够，加挂一盏灯。此乃何许人？北欧瑞典人是也。

挂在窗口上的灯，我给它取名叫"窗灯"。一盏窗灯，不是对灯的痴恋，而是对光的竞逐。瑞典地处斯堪的纳维亚半岛，冬夜漫长，夏日遽然。每年入秋，白天日照慢慢变短，圣诞节前后达高峰，太阳极为吝啬，首都斯德哥尔摩每天只有 6 小时的光照，下午 3 点就坠入悠悠黑暗里，直至次日上午 9 时，日光才缓慢地从地平线升起，很不情愿似的露个脸。首都以北的地方，因毗邻北极圈，冬季光照时间就更短了。

冬天风雪弥漫，没有阳光的日子漫长得令人绝望。阳光缺席，人容易患上一种病——"缺光性抑郁症"。出于身体健康的考量，这里的人们，就在自家窗户上挂一盏灯。暖暖的灯光，以太阳的名义，化解淤积于人们心中那无尽的苦寒。别出心裁的"光疗法"作用明显，久而久之，形成为一大传统和风俗。

为了让这个世界多一点光亮，人们下班后大都不关灯。长明灯，亮出的是温暖，点燃的是关爱。白茫茫的乡野亦如是。家家户户，窗台上点一支烛，亮一盏灯，温暖自己，也给迷途的路人导航，让身陷绝望的旅者感受到温暖，看到希望，闻到生的气息。

瑞典的窗灯，这人间馨红的灯光，是为自己驱逐黑暗赶走忧郁，更是为他人送去温暖和祝福。窗口因了一盏灯，丝丝亮光映照出生活在"暗无天日"里的人们内心深处的达观、宁静和美来。

窗是一个舞台，上演人间悲欢。美是这个舞台上一部永不落幕的生活大戏。

瑞典人奉行"正大和光明"的处世原则，从不拉窗帘，将美与暖无私地亮出来。窗帘在这里是可有可无的摆设。他们端正做人，坦诚做事，挂出这盏窗灯，就要以"磊落光明"行事，对人对己，以美相敬呈。

瑞典的窗灯，让我想起国人内心里的一些不亮堂来。

一食品供应商说："我自己做的吃的，打死也不会吃！"

此语经传媒报道，惊扰人心。做出来的食物，自己都不吃，那我们还能吃什么放心食物呢？难怪有人说："中国已是世界上人造有毒食品最发达的国家。"看看我们的餐桌，那一个个化工原料的名称，听来令人背脊发冷——石蜡加工的米、地沟里掏出的油、瘦肉精喂的猪、激素养的虾蟹、吊白块制的米粉、工业乙醇勾兑出的酒、农药泡大的蔬菜瓜果、硫黄熏制的木耳、人造的蛋……是什么力量，让他们往食品里频频添加有毒的化工原料？一桩桩，一件件，惊世骇人！是什么原因，在国人的肚子里盖起一座座化工厂？一个个天问在日下的世风中悲怆而出，答案却在风中飘远。

都说，那么多人都管不住一张嘴，那么多人都管不住一双手……而我说，问题不是管，而在人心。是阴暗的内心，培育出那一出出惊世的罪恶。

在世界诞生之前，天地鸿蒙一片，是光亮，开启宇宙成长之旅。光是先声，有了光，世间万物才有诞生的可能。人心亦是。心灵要有光。心灵里那盏窗灯没能亮起，人就没有敬畏之心，就会大无畏地摧毁人间的种种美好，无情地踩踏良心的底线。正所谓，越堕落越快乐。

心暗的当下，当务之急是引导国人点燃心灵那盏窗灯，亮堂自己，温暖他人！心窗无灯，阴暗横行，自是罪恶衍生，荒诞迭出。个个都利己为己，毁灭之剑却直指整体。

像瑞典人那样迷恋窗灯痴恋光吧，点亮我们的心灵，驱逐周遭的黑暗，为他人送去温暖和祝福，即使身处无光之地，定会全身透亮，灿然胜春光。

善良的人们，请给自己的心灵点一盏窗灯吧，光明为人，磊落处世，为自己积福赢利，也为他人和子孙行善积德。给心灵点一盏窗灯，和暖的光，一丝丝亮堂，一点点暖融，那我们身处的这个世界定将钟灵毓秀，百世流芳。

爱某一个，爱每一个

每一次关爱，都是源自心底的一种态度，和太阳东升西落一样，自然而然。关爱不是做作，更不是作秀，不是怜悯，更不是同情，不是高高在上的单向施舍，更不是寻求回报的投资……

爱是如此的具体，具体到对某一个人嘘寒问暖，体贴入微。爱又是如此的混沌，爱世界的所有，每一个人，每一朵花，每一阵风，每一滴水，每一座山，每一样花鸟鱼兽……

从某一个，到每一个，关于爱的比喻可以用水来涵盖，爱似水样温柔包容，又如水样有力覆盖。不妨先听听两则小故事，以体会关爱之于你我的真切和效用。

一则是外国小故事。

在距离小镇不远的公路边上，驻扎了一个护路队，他们定期巡护路段，并重点维护通往镇上的一座公路桥。一天晚上，睡得正香的护路队员被急救人员叫醒了，原来，桥塌了，汽车过不去。队员们去看桥，没有大型设备，断定过不去。急救人员说，去接病人的时候桥是好的，可是现在病人接来了，应该赶紧送到医院才行，否则病人会有生命危险。护路队员纷纷摇头，只有一个人挺身而出。他将木板架在断桥上，一个人站在底下，双手死死顶住。汽车开过去了，病人因送得及时，得救了。事后，这位护路队员才得知，那位送去急救的病人，不是别人，正是自己的妻子。

如果不是那凛然一举，也许，他就要永远失去自己的爱人了。

另一则，是我国著名女作家裘山山讲的题为《宋铁军探亲》的故事。

连长宋铁军工作忙，一拖再拖，才在这年春天抽空回家探亲。上一次回家，还是女儿三个月的时候，现在，女儿都二岁多了。为了讨好女儿，他特意买了一只长毛大白兔。半路上，被一个陌生妇女拦住借钱，原来她着急送孩子看病，没带钱。起初还怕上当受骗，但见孩子柔弱可怜，就给了陌生女人50块钱，并陪送她们去医院，上上下下帮忙。临走时，他还把那只大白兔送了小女孩。回到家里，却发现家门紧锁，一路舟车劳顿，一通辛苦奔忙，就地睡在门口。宋铁军被妻子推醒后，看到妻子怀里的女儿惊呆了，不是别人，正是自己抱去医院的那个小女孩。

原来，妻子太忙，女儿生病了，是幼儿园的阿姨送去医院的。

两个小故事，机缘巧合，都与亲人和亲情撞个满怀，让人闻到爱散发出的迷人芬芳。从中我们不难读出一个情感等式：关爱他人＝关爱自己。

关爱，是人间最美丽的花朵；关爱，是世间最温暖的心桥。每一次关爱行动，都彰显施者的善心，放大爱的音符。关爱的施予与落实，天地为之清朗，心情为之爽悦。

关爱是一种态度。关爱他人，关爱自己，关爱生命，关爱自然……每一次关爱，都是源自心底的一种态度，和太阳东升西落一样，自然而然。关爱不是做作，更不是作秀，不是怜悯，更不是同情，不是高高在上的单向施舍，更不是寻求回报的投资……它是一种快乐的生活方式，一种真情的呵护，一种予人快乐让己欢心的自动自发的行为。是和谐，是自然，一如山间之清风，天地之朗月。

关爱是社会和谐的润滑剂，是内心和谐的凝固剂，是人与自然和谐的黏合剂。从爱某一个始，软着陆至爱每一个，关爱旋即升华，大而无疆。

不是每一件事都要有意义

意义可以事后贴金，也可以是总结报告里的贺词，但不储存于清醒、睿智的头脑当中。因为，不是每一件事都要有意义。

在"意义"二字上纠缠不放，其实是心里的纠结，散解不开。要知道，不是每一件事都要有意义。

人生要有意义吗？

穷是过，富也是过；顺境是一时，逆境也是一时；辉煌是一生，黯淡也是一生；乐观一世，悲观也是一世……

活出真我风采，是人生意义？活出自我价值是人生意义？坐拥财富之城，是人生意义？阅人无数，行路无数，是人生意义？……仿佛是，好像又都不是。

活着，就是活着，没必要强加进一个意义给自己添堵，让自己跟自己过不去。从容、达观、随性、不忤逆、不强求，如此一来，人生自是芬芳自是春。

跟意义何干？

意义，有时是一道虚假的反光，顺着它指引的方向走，南辕北辙，越走越远。

郎朗成功了，有人以为他就是自己的意义所在。在黑白琴键上，疯狂地透支生命，到头来收效甚微、迷失方向，终成一场得不偿失的人生大事故。

韩寒写作成功、丁俊晖举杆成名、李娜挥拍耀世、旭日阳刚一唱圆梦……每一个成功者的背影里总有一帮寻梦者追随，并且认定这才是最有意义的。

人生有意，成功有捷径。殊不知，跟随的道路上，庸才制造了惊世大堵塞，天才却形迹可疑。意义哪能嫁接，别人的意义，岂能随意生搬硬套？

不是每件事都非要有意义不可。

意义就像旅游的目的地，真正培养游兴的不是目的地的抵达，重要的是沿途赏景怡心。过程中的喜怒哀乐，涤荡压抑心灵的"意义"，结果满不满意都不影响美的经历，抹杀不掉曾经的好与妙。

有一个男孩，历时 13 天，行程 3700 多公里，搭了 25 辆顺风车，从南京回到乌鲁木齐的家。他叫胡蓓蕾，在南京师范大学读大四。他的浪漫且风险伴随的壮举，在网络上飞溅起无数浪花。

有人将胡蓓蕾此行上升至"检测中国人信任感的行为艺术"。他回应说："不是每件事都非要有意义（不可）。"

与其说他此行是功莫大焉的行为艺术，倒不如说他此言是振聋发聩的至理凡言。

意义可以事后贴金，也可以是总结报告里的贺词，但不储存于清醒、睿智的头脑当中。因为，不是每一件事都要有意义。

鸟巢座椅的渐变色

渐变，悄无声息且入木三分地改变我们，影响生活，不知不觉却有水滴石穿般的韧劲蚀黄苍凉岁月，默默地无情地夺走人们的青春容颜。和鸟巢座椅渐变色一样，人生处处亦如是，往往是细微的一点，不知不觉，渐变成洪水猛兽，吞噬原来的一切。

一次刮脸，黑须里惊现一道亮白。水珠？擦擦脸，白白的还在；反光？换个角度再瞧，白白的仍在……往细里瞧，原来是两根白须。想起武侠片中那白须道人，惊恐之感从人生高寒荒原一拨一拨袭来，心都凉了。

我真的老了，老得长白须了吗？才第三个本命年呢。两根白须，以铁证如山的方式，温柔却不乏力道地向我提醒：人到中年，老字当头，该收一收年少时的轻狂了。

中年如人生之秋。

入秋，不折腾不狂热，大地以静穆和苍凉为最美。顺着这个思路想下来，不经意间迸出一个惊心之问："人是什么时候开始变老的？"

民谚云：秋来不在夏尽处，不是夏过秋才至。夏日，每一缕热风，每一道骄阳，每一阵急雨，每一声虫鸣，都蕴含秋的信息，都是秋儿临行前的出发地。自夏至秋的渐变中，不是不明白，只是身在此夏中，不知秋已近罢。

2010 年盛夏，取道北京去承德开笔会，好友丁洪涛领我去鸟巢游玩。这个能容纳近十万人的国家体育场，因了第二十九届奥林匹克运动会，时时闯入我的梦中。步入鸟巢，那恢宏气势，心里虽有所准备，还是大为震惊。置身其中，才知道自己有多渺小。

和洪涛互拍了几张照片，找椅子坐下来，极目远望，突然有惊人发现——这里的座椅红白相间，呈不规则排列，白中乱点红，红里乱套白，临近运动场地，白稀红稠，直至无白，一片全红。怎么会是这样胡乱排列呢？可以不必这么乱嘛！用这两种色完全可以拼出些花样来嘛！比如，中国、北京和奥林匹克等中英文字样。怎么这么大意呢？奥运大手笔，本不该出这样低级的纰漏呀。

上网以"鸟巢座椅为什么红白相间"为关键词搜索，发现有类似疑问的远不只我一个。有些网友的回答，全然挨不上边，看来真正理解此事的人并不多。找了很久，才找到这个比较权威的资料——作为世界最大的钢结构建筑之一，鸟巢能够容纳 91000 人，但无论你身处任何位置，你都绝不会感觉到鸟巢的空旷。巨大的灰色钢柱之下，鸟巢座席的颜色由"长城灰"逐层递减，至底层时，座席变成一片红色的海洋，整个体育场显得动感十足，活力充沛。

读到这，我从电脑里调出和洪涛在鸟巢里互拍的照片来，果真不是第一感那样的白，而是灰白，即所谓的"长城灰"。透过照片看整体，已不是当初那种乱哄哄的感觉，而是一种色的渐变，由多到少，由浓至淡，从有到无，从无到有，渐变的美，美的渐变。乍看是无序的乱，细瞧实则乱而有序，乱得美意悠然，乱得神韵十足，和谐怡然。渐变，以形式美学，在美的背后，透出一种模糊的质感来，美得至纯至性，至善至洁。

渐变中，人们容易恍然失去知觉，在失却比照之后，深陷于一片空茫。这就是渐变的神奇所在。身处鸟巢，感觉不到变化，而只是觉着乱，远离了它，通过照片才看真切，是渐变在作怪。日日揽镜自照，感觉不到须发白了，就像站在今天看昨天，大同小异，站在今日想明日，也不会有什么大变化。日子就这样日复一日地复制着平淡。换个角度，站在此刻，回望一年前、十年前……变化就大了。就像自己看自己的孩子，嫌长得不快，老也长不大，别人三日不见，就惊叹："哟，孩子又长高啦！"

渐变，悄无声息且入木三分地改变我们，影响生活，不知不觉却有水滴石穿般的韧劲，蚀黄苍凉岁月，默默地无情地夺走人们的青春容颜。和鸟巢座椅渐变色一样，人生处处亦如是，往往是细微的一点，不知不觉，渐变成洪水猛兽，吞噬原来的一切。

　　天地人间换新颜。

我不祝你成功

祝你愉快，我的祝福就像一张幸福底片，收入你心的暗房，通过『自我暗示』这一显影液，终将会带给你实实在在的快乐！我予以的快乐祝福，暗自成全你的怡然人生！

2011 年度国家公务员录用考试在敝校设点开考。布置考场的时候，主考方要求我们在黑板上用红粉笔写上"诚信考试光荣，违纪作弊可耻"的警示口号。作为监考员我写完这两句冷硬的话，又画蛇添足般补上一行小字：祝各位考生考试愉快！

同场监考的同事笑了："考生应该更乐意祝考试成功。"

我说："但我只想祝他们考试愉快！"

显然，他们考前考后并不愉快。百里挑一的高淘汰竞争，百日挑灯的高度紧张的复习，哪有开心、快乐可言？即使笔试入围，面试的不确定性和可疑性，又有哪一点能让人感到舒心、愉快呢？退一万步讲，他们考试成功，拥有公务员的身份了，真的就开心快乐吗？

缺什么送什么，才算领略到雪中送炭之精髓。你缺乏开心，那我就祝你愉快，提醒你在崎岖不平的路上，要保持一颗乐观向上的心。

为什么不祝你成功？说辞很多，最有说服力的一条——我祝你成功，你就会成功吗？

如果我真有这本事，倒真想给世间每一个人道一声祝福，那样，普天之下皆为成功者，不知失败为何物，"失败"一词可从字典中剔除矣。

是的，成功和祝福无关。

那么，成功与哪些因素相关联呢？不妨用古今中外的成功人士对成功的总结，来拓宽我们的视野吧！

爱因斯坦说，成功就是不断努力，适应休息以及少讲废话。

季羡林总结道，成功全靠勤奋、天资和机遇。

《哈利·波特》的作者罗琳说，成功的因子有二：想法和坚持。

卡耐基说成功需要四要素：努力、抱负、力气和运气。

"疯狂"的李阳说，成功就是要比别人多一点……比如，才情、能力、自律、努力等。

……

我这个离成功很远的人，也有一说："成功就是向着正确的方向，坚持向前；就是在错误的道路上，抽身而退。"

看看，成功素来与祝福不沾边，它是努力、才情、坚持、勤奋和机遇等综合作用的结果，光祝福是不管用的。所以，我不祝你成功。

而愉快是可以通过祝福传导的。祝你愉快，我的祝福就像一张幸福底片，收入你心的暗房，通过"自我暗示"这一显影液，终将会带给你实实在在的快乐！我予以的快乐祝福，暗自成全你的怡然人生！

我不祝你成功，因为成功有时是给自己戴的一项自欺欺人的帽子，让别人悦目，却给自己找不自在。愉快是一味永不过期永远有效的药，口服下去，浑身通泰，生活因之而美好，人生由此更灿烂。

我不祝你成功，但一定要祝你愉快！

心灵痒痒挠

用心灵痒痒挠自己，即是以欢悦为原则的『做好自己』；用心灵痒痒挠社会，正是以迎合为目的的『做好自己的角色』。让自己开心的同时，也使别人快乐，人与人、人与社会就会亲密融合，而我们自己才会有快乐之心和成就之感。

做好自己，还是做好自己的角色？

这本不是什么大不了的问题，可偏选的人多了，问题才日渐凸显。是的，大家都乐于做好自己，觉得做好自己就够了。

做好自己秉持的是快乐原则，或曰舒适法则，就是怎么舒服怎么来，快乐就做，不快乐就避而远之。做好自己的角色，与之大不同。社会诸种角色都有个孙悟空头上套的紧箍帽，时时要提防别人念"紧箍咒"。做好自己是自我优先，做好自己的角色是社会优先（或他人优先）。选做好自己的人众多，就像鸭子赶路，一只鸭子走旁门左道，一众鸭子紧跟其上，旁逸出去的少之又少。

人都有趋利避害、逐乐远忧的本能，所以二者摆在面前选择，毫无疑问，勾选做好自己。做好自己，有时与成功南辕北辙。一个不成功的人，纵快乐，也是暂时的、微量的。这么看来，要让快乐长久一点、澎湃一点，不妨选择做好自己的角色！

在这里，讲个美国编剧家温迪的故事。

温迪·简·汉森（Wendy Jane Hensun）是美国的剧作家，创作的电影剧本曾入围"艺术新星奖"决赛以及奥斯卡赞助的"尼科尔奖金"半决赛。创作之初，温迪未能免俗地选择"做好自己"，也即写自己喜欢的故事。

电视剧《缇瑟镇》开拍之前，温迪前往应聘，遇到她人生中的第一位贵人卢·格兰特（Lon Grantt）女士。卢是《好莱坞剧作家》出版人，后来成为温迪的编剧老师。

有一次，温迪把自己即将交付出版社印行的得意之作给卢看。卢打电话告诉她："温迪，你这部作品是叙事散文，怎么能称得上剧本呢？"温迪一下被戳到痛处，和大多写作者一样，反应强烈："卢老师，这是我的故事，我想怎么写就怎么写！"

卢·格兰特不安地告诫她："如果你不为别人只为自己写作，那好，你可以随心所欲。但是，如果你想以剧作为生，就必须清楚市场需要什么，提供市场需要的东西给他们。否则，没人愿意跟你合作。"

温迪没有听进卢女士的忠告，依然我行我素。接下来，她深深体会到四处碰壁的苦果。

后来，温迪的一部剧本进入拍摄程序，修改某个细节的时候，她固执不已，与制片人闹僵了，拍电影的事，这就样被搅黄了，她深受打击。

想起卢女士的逆耳忠言，温迪终于醒悟过来——做好自己固然重要，做好自己的角色，有时恰是通往成功城堡的唯一栈道。因为懂得，所以改变。之后，温迪创作了不少优秀剧作，为了让后来者少走弯路，又在大学开设编剧课程。

温迪的成就让她赢得众人追捧，被推举为圣菲剧作家协会顾问。卢·格兰特还热情约她为《好莱坞剧作家》开设网络课程，成为一位知名的编剧家和编剧教育家。

温迪的故事，让我深深感悟到一个道理——做好自己，是以悦己的姿态入世；做好自己的角色，是以悦人的方式出世。入世与出世之间，上天预设好了一个神妙的转换开关：心灵痒痒挠。用心灵痒痒挠挠自己，即是以欢悦为原则的"做好自己"；用心灵痒痒挠挠社会，正是以迎合为目的的"做好自己的角色"。让自己开心的同时，也使别人快乐，人与人、人与社会就会亲密融合，而我们自己才会有快乐之心和成就之感。

每一个人都应抓牢手中的"心灵痒痒挠"，挠乐自己也挠喜他人——作家既要写自己喜欢的东西，更要写别人乐赏的作品；官员既要推行自认为好的善政，更要施行大众能接受的仁政；农民种自己喜欢的庄稼，也要种别人需要的作物；商家要卖赚钱的东西，更要让顾客喜欢来买……

　　以悦己之心悦人，以乐己之事乐人，以喜己之物喜人，这就是心灵痒痒挠的魔幻之处吧。

过滤嘴衣裤

如果说，白岩松青春年少的过滤嘴裤子，是贫穷之下的智慧闪光，那么，我孩子穿在身上的过滤嘴衣裤，则是我等在摆脱贫穷之后，始终走不出那贫困的阴影。

穿过"过滤嘴裤子"吗？

恕我孤陋寡闻，从来没听说过这种款型的裤子。近读央视名嘴白岩松的新书《幸福了吗》，才知道，在他穷苦的少年时代，这款独特的裤子，曾伴他度过别样的青春。那时他正逢长个，像春芽似的见风长，裤子还没穿旧，就短了。家里穷，置办新衣一推再推。好在手巧的母亲拿起针线，在短了的裤管上，再接上一截。这样一来，外形就如同过滤嘴香烟一样。这就叫"过滤嘴裤子"。

"过滤嘴裤子"用相同色的布接上一截还好，勉强还像条裤子，夸张的是，两三截过滤嘴，居然不同色！真让人哭笑不得。都是穷闹的，是没有办法的办法。

那时大家都穷，都穿过滤嘴裤子，当然不会遭人取笑，或笑话别人。可真要穿上这样的裤子，任谁也欢喜不起来。俗话说得好：衣不如新，人不如旧。谁都喜欢穿新衣时的特爽感觉。

一条裤子映衬一种生活方式。

我的孩子现在三岁多了。现在虽说不算富裕，但不至于捉襟见肘。对孩子从来没有吝啬过，偏偏在为女儿买衣服这件事上穷讲究。替女儿买衣，总是多留一个心眼，合身就体的，绝对不买，得买大一号，原因很简单，今年凑合着穿，明年还能继续。女儿两岁的时候，给她买了一件羽绒服，袖口得翻上去，下摆都过了她膝盖以下，贴近脚背了。妻更疯狂，在网上拍衣服，至少要130码，这个尺码适合一米三的小朋友，而女儿才刚刚长至一米。在为孩子买衣这件事上，我们做到了真正意义上的步调一致。

女儿所穿的衣服大都宽宽展展，衣袖像戏里的水袖一样妖娆，几多柔情，几丝灵动，当然更有诸多不便。衣裤过长，不得已都要翻出一层。看上去，这不也像过滤嘴吗？只不过我家小宝身上的"陈氏过滤嘴"和"白氏过滤嘴"有所不同，不属拼接，且与正衣同体同色。

如果说，白岩松青春年少的过滤嘴裤子，是贫穷之下的智慧闪光，那么，我孩子穿在身上的过滤嘴衣裤，则是我等在摆脱贫穷之后，始终走不出那贫困的阴影。

　　白家当时是真穷，心却富。我现在虽不穷，却心穷。这样也好。白岩松把穷日子过富，过出乐观和智慧；而我等富日子穷过，过出俭省和警醒。

　　不一样的"过滤嘴"，却是一样的好日子。

等待

等待啊等待！等待磨人，磨的是意志，是心。一样的等待，要么上天堂，成伟业；要么下地狱，成笑话。

　　守株待兔，一个从小听到大的故事，笑了这么多年。那个被人嘲笑了上千年的宋国农民，给他戴上"史上最执着的农民"的帽子，也毫不为过。和下山一路掰一路丢玉米棒子的那只猴子比，这样傻等，更具励志意义。

　　一个超级耐等，一个急不可待，丰富了儿童的故事世界，也令成人回味再三。和"生存还是毁灭"一样，等还是不等，是人生极具迷惑性的问题。

　　看到一张电击纽约自由女神的图片，惊得人不敢相信是真的，以为是哪位高手在 PS 弄人呢——世上哪有如此巧合之事。摄影师杰·费恩为了拍到这样的效果，一等 40 多年，终于在他 58 岁的时候梦圆取景框。时间是 2010 年 9 月 22 日晚上 8 时 45 分。这一刻,授予他"新世纪最执着的摄影师"的称号,当之无愧。

杰·费恩回忆说:"当时风很小也没下雨,这样我就可以安全地躲在室内(巴特利公园城——作者注)从开着的窗口拍摄。那天晚上打了 150 次闪电,这一幅是第 82 次闪电。当时我将相机安置在三脚架上,曝光时间是 5 秒,f10。照片拍摄出来后,我只是调整了一下水平度做了一下剪切。"

多不容易啊,80 多次闪电,80 多次抓拍,终于撞大运,遇上了。为了这一张照片,40 多年来,他躬身风雨中,苦等痴候,那么辛苦,却毫不在乎,一直相信好运会降临。他说:"能拍到这样的照片只能说我走运,这种机会,也许一辈子才有一次。这是我曾见过的首张闪电击中自由女神像的照片。"

如果古时候宋国农民兄弟再等上 40 年,会不会还遇上傻呆的兔子撞上树干,让他再次捡便宜呢?基于古代环保做得好,兔子多的事实,这完全是有可能的。可是,为什么千百年来,我们一边倒地嘲笑守株待兔的农民?只因他在等待的时候,荒废了田园,失去生存之依。而今,普天之传媒不约而同报道杰·费恩的拍摄传奇,是因为费恩先生在等待的同时,没有荒掉自己的手艺,并不妨碍他在天空没有闪电时,拍摄别的东西,没影响他成为杰出的摄影师。这些才是等待的关键内涵。

费恩先生搜集过资料,知道每年有 600 多次闪电击中自由女神像，所以才能横下一心地等，不怕等上 40 多年。可苦了没有学过《概率论和数理统计》的宋国农民，压根不知道兔子再次撞树干的概率。等待的高下，就从这里分野了。知道出现概率则成就伟大瞬间和杰出人物，不知，则是荒唐一梦，沦为千古笑谈。

等待啊等待！等待磨人，磨的是意志，是心。一样的等待，要么上天堂，成伟业；要么下地狱，成笑话。

塞缪尔·贝克特的《等待戈多》是经典的荒诞剧，把等待推至无与伦比的极致。多年来，无数人都在探问，戈多是谁？戈多为什么没来？无非是想解决掉那个疑惑——值不值得等待，要不要继续等待下去。据说，至今也没有人能破解这一疑问。其实，有些"袋子"是不用解开的，人这一生，不就是一个等待的过程吗？当然不只是等死，等的内容丰富多彩。

有人说，要善于忍耐，要善于等待。

有人说，等待没有意义，珍守眼前人，把握好当下。

有人说，顺着一个恒定的方向，等下去，总会有灿然的结局。

等还是不等，亲爱的朋友，你怎么看待呢？

留白

唯美之人，都有一颗残缺的心。求缺之人，都能进入人生的完美之境。

　　留白，是传统中国画的艺术技巧，以疏淡着墨见长，用空白营造空灵，空茫辽阔，意境悠远。今天要说的留白，与此逸趣大相径庭，只存字面义，本真得很。

　　还是先从我一度迷恋的"如果"说起吧。

　　年少时候，喜欢后悔，却是于事无补。在不绝如缕的"如果"中，为自己的错误开脱。如果没有那场初恋，我将会考到梦寐以求的大学；如果当初用功一些，我就不会落魄至此；如果给我再多一些时间，我会做得更好；如果一切都可以重来，我愿意……

　　上天冷酷也公平，多少浅白无力的"如果"，报到他那里，无一不被驳回。芸芸众生，各忙各事，搁置那么多"如果"，多没意思呀。盛放"如果"的，是那一颗颗年轻的心。诸多如果，是少不更事的年纪落下的肤浅通病，是软弱的筋骨，无力也无法正视现实。是逃避、不成熟，是躲进败局里自认倒霉，还是心生忌妒时，投向成功者的一枝冷箭。

走向成熟，从告别"如果"开始。

没有如果的日子，便接纳现实中或隐或现的诸多不如意。任世事沧桑变化，逆境拂意，我自心胸坦荡。登顶成功之时，缺点倒成了一种渴望。

喜欢看冯小刚的电影，爱影及人，哪怕他长相对不起观众，还是喜欢他这个人。他的缺点直接写在脸上，白癜触目惊心。最近一次在电视上见到他是在江阴的百花奖颁奖盛典上，他脸上的白癜风，星星点点，竟也呈燎原之势。我就纳闷儿了，凭冯导的财力，看医生应该不会成问题呀，怎么会任其壮大、吓人呢？

没想到，类似我一样存疑或者担心的人，不在少数。很多"冯粉"都劝他去治疗，甚至还有人免费献出祖传秘方。一片好心，一份盛情，甚是感人。冯小刚特地在他微博上回应："这病（白癜风）在下就惠存了。不是不识好歹，皆因诸事顺遂，仅此小小报应添堵，远比身患重疾要了小命强。这是平衡。也让厌恶我的人有的放矢出口恶气。"句句在实话，掷地有声。

冯氏留白，是在求缺。依照冯小刚的说法，他的留白是功成名就后，在谋求一种心理平衡。其实不然，他是在消解十全十美，在美玉里找寻瑕疵。

唯美之人，都有一颗残缺的心。求缺之人，都能进入人生的完美之境。

谁都会说"金无足赤，人无完人"。可是，轮到自己，总巴不得好处占全，美事揽齐，功名利禄样样不少，权财酒色样样不缺。贪字当头，扫罗天下的好，归为己有。岂不知，贪心培育不出幸福感。倒是求缺，能提神振气养快乐。

求缺，是一种精神，一种境界。幸福感，从求缺肇始。与缺点同行，便是和快乐作伴，跟幸福为伍，岁月静好，天地安稳，内心安妥。这是冯氏留白带给我的真切感悟。

惜字

我们常用鸟儿珍惜自己羽毛来比喻写字人爱惜自己的字。鸟儿定期梳理自己的羽毛，疼爱怜惜着，不仅仅是为了好看，更是有助于自己能飞得更高，飞得更远。

　　我一度认为母亲和其他的乡下农妇没有什么两样，高中毕业后，才彻底改变了这一看法。高考后，我没有将高中三年积下来的小山一般高的书本试卷资料等，一丢了之，而是统统捆缚在一起，随手堆放在床底下。母亲一直都没有动过那些东西。

　　几年后，一场洪水袭来，它们大都霉烂了。我问母亲："我不在家的日子，为什么不将那些纸引火烧柴？"母亲说："我看了那些纸，都有你写的字啊！烧了多可惜。"

　　母亲进城随我一起生活的时候，写字已是我的最大爱好。业余时间，在纸上写写画画，在字里行间憧憬未来。一屋子乱纸。母亲收拾的时候，总是将有字的纸张，一张张摊平、叠好，放在一起，用本书镇住。然后，对我说："这些纸都有你写的字，你看哪些有用，哪些没有用。没用的你自己扔吧！"对字，母亲依然是敬神一般的虔诚。

母亲对字的态度，深深地感染了我。起初写字的那些时日，所有写出来的文字都被我视为最亲密的伙伴，无比怜惜，个个都是我的心肝宝贝。当要拿起发表的时候，对字的惜，剔除了怜，添加了珍——珍惜自己的所写，珍惜自己的心力与智慧。

如今，我仍保留了一大摞当年用方格稿纸写的字，足有一尺多厚。为此，曾专门写过一篇名为《一尺深的热爱》的小文，纪念最初那段惜字敬纸的光阴。

慢工出细活，写字要有足够的时间和心气，更要有满腔的热情和足够多的耐力。写到后来，总感觉写不下去了。这时，我会选择去旅游。看山看水，在山水的影子里一瞥自己的心。

2008年，一个人去了苏州。在大诗人白居易开创的七里山塘街市，读到他的诗："自开山寺路，水陆往来频。银勒牵骄马，画船载丽人。菱荷生欲遍，桃李种乃新。好住河堤上，常留一道春。"时隔多年，山塘的大街小巷充盈的那股风雅之气，还是那么浓烈地将我笼罩。站在"惜字局"炉前，震惊之余，更让我为弥漫于山塘的琅琅书声和拳拳惜字之心而感动感慨。"惜字局"铜炉专门用来焚烧废弃的劣字，以确保留下来的文字纯正和优秀。在焚炉两边，写着一首诗："惜字当从敬字生，敬心不笃惜难诚。"可知因敬字成惜，岂是寻常爱惜情。

我仿佛看见书生们像远古先民图腾崇拜一样敬字惜字。正是因为对笔下的字心存敬畏，才有了"苏州状元甲天下"的美誉，也才有源自山塘流传千古的诗篇。

站在惜字炉前，敬畏文字的心如馨香纯正的气飘飘然升华了，披沙拣金般地纯粹了。

2010 年某个夏日，一别 15 年后，我重访北京鲁迅文学院，当年我们搞冷餐会的食堂，辟出一间展厅，展示院史。老作家朱祖贻和李恍创作的话剧《甲午海战》，在上世纪 60 年代轰动一时。看到朱老先生赠送的此作手稿（第五、六稿），情不自禁地翻阅起来。第四稿应该是油印好的，而这五、六稿，已基本上找不到几处印刷字体了，等于重写了一遍。站在这个展厅里，我看见老作家对自己文字的敬惜之心。

如此惜字，是学习的好榜样。

惜时如金，被很多人奉为圭臬。换个对象，若要将"惜字如金"奉为神明，恐怕就有些犯难了。特别是网络时代，水样的文字多了随性，被整得没个形。我们常用鸟儿珍惜自己羽毛来比喻写字人爱惜自己的字。鸟儿定期梳理自己的羽毛，疼爱怜惜着，不仅仅是为了好看，更是有助于自己能飞得更高，飞得更远。

字因人惜而珍贵，人因惜字而高贵。被人珍惜的字，个个皆似珠如玉，香飘万里。惜字之人，他的字定会布散得更广，流传得更久。

请喊我的名字

亲爱的，当你喜欢他、爱他，不需要你三请四送，也不要你七夸八赞，只要你郑重地、大声地，并且习惯性地喊他的名字！喊一个人的名字，就是把尊重放在嘴边和心里；喊一个人的名字，就是把他放在心里；喊一个人的名字，就是对他最好的惦念，最深的爱。

名字，是父母惠赐的第二重生命。

都说身体发肤，源自父母，不可轻贱，更不可随意毁弃。除此之外，我要郑重地再加上一条，名字也乃父母所予，当珍当惜，伴随终老。

对于名字，有一个细节让我震颤不轻。这就是年少时，我身边普遍存在的"一人两名"的怪现象。当然不是学名和乳名，而是双重正名，或者说一个阳光名，一个地下名。说来话长，那时候教育资源相对匮乏，考上初中，县里编制统一的学籍卡，应届生凭卡方有资格参加中考。有些人第一次中考没考上，却又不甘心回乡种田，于是返校当了回炉生。从此，他们不能以自己的名字示人，得选一个中途退学的同学名字顶上。当年的流失生多得惊人，好学上进的回炉生也不少，所以，初三年级刮起了一股改名风。我身边的不少同学都这样，牺牲自己固有姓名，曲线救国。

多年后，和他们再聚首，我依然称呼他们最初的名字。记得有一个同学对我说："还是和你在一起感到亲切。别人的名字，顶了二十来年，总感觉别扭。"

我庆幸自己没有在名字上另起炉灶，没有经历双重名字的分裂状态。如果那样，定会悲从中来，无奈且无助。我没有小名，没有顶替过别人的名，及至正式写作，也一直抵制给自己安一个笔名。一个名字一生情，一个符号一辈子。在名字上，从一而终。

不同场合不同的人，会用不同的方式称呼你，却不一定会打心里喊一声你的名字。职业称谓最常见。我被人叫得最多的是"陈老师"，也有人抬爱喊"陈教授"（其实职称远未到那个级别）。受染社会阴暗，有熟人会开玩笑称"禽兽"，或者陈兽，一笑了之。曾在某机关借调工作一年，下面市县来的不管是局长县长，还是普通办事员，见了就喊："陈科长！"也有叫陈科的。把长去掉，直接称赵局钱处孙科什么的，现在已成一种流行。发表了几篇文章后，被"作家"前"作家"后地乱称呼了。老婆有时叫"唉"，有时跟别人一样喊"作家"。

被人叫成这个，喊作那个，最终还是喜欢别人叫我姓名，平生最爱老家亲友不带姓很顺溜地喊一声名字，爽口梆脆，真的有味。

有位朋友，初交往时他喊我陈教授，我喊他徐主任，两颗心隔山隔水天涯远。一次，与他同回他的老家，喝杨梅泡的土酒，及至两人都醉熏熏，才双双喊对方的名字。那一刻，心之篱去除，坦诚相待，友情方如浓酒般醇厚。

看电影《英雄》的时候，无意中看到片尾字幕里打出了"会计"的姓名。许是我学会计出身之故吧，对此一直非常感动。会计的名字都签在账本里，封存于档案柜里。没承想，大导演张艺谋会将会计的名字打进字幕，这是何等地尊重小职员呀。前不久看《山楂树之恋》，特别留心片尾，那名单真长，连司机、发电员之类的幕后小人物的姓名都赫然其中。这不是一晃而过的姓名展示，是大导演在无声地喊出每一个为影片付出劳动的人的名字，以示敬重。

念名字，美国总统做得很到位。每次"911事件"纪念大会上，总统先生不发表什么长篇大论，而是千篇一律地高声念出每一个遇难者的名字。每一声呼喊里，都是对逝去的生命表示尊重，向逝者家属道一声珍重，为生命祈福。

还记得闻一多先生在《七子之歌》里，那发自内心的呼唤吗？"请叫儿的乳名，叫我一声澳门！"声声泣，断人肠。澳门，澳门，我的生命之名。

每一个生命，都有自己的名字。同样，每一个名字都是一重鲜活的生命。名字里，有隐形的生命，深藏着爱的密码。所以，亲爱的，当你喜欢他、爱他，不需要你三请四送，也不要你七夸八赞，只要你郑重地、大声地，并且习惯性地喊他的名字！喊一个人的名字，就是把尊重放在嘴边和心里；喊一个人的名字，就是把他放在心里；喊一个人的名字，就是对他最好的惦念，最深的爱。

如果你爱我，请喊我的名字！

身土不二

怀念那种渐行渐远的田园生活：井里汲水，菜园摘菜，稻米自种，花卉自栽，在自家屋里呱呱坠地，在自己床上静静老死。偶尔去外面周游，但始终不离养育自己的这片热土。

一生一世一土情。

　　在韩国，超市货架上出售的大米，袋子上若是印着"身土不二"的字样，则价格要贵不少。身土不二？乍一听，感觉新鲜得很。不错，这是一个深植中国的外来词。细细品味，字里散发出来的气息是那么熟悉。

　　不就是"一方水土养一方人""故土难离"吗？

　　出身决定价格。韩国所谓的"身土不二"，强调出产自本地。按照一般的经济规律，本地产的大米，省却一笔不小的储运费，应该便宜才对。可人家偏不这样依基本经济规律行事，心怀本乡本土的情结，硬是将本地货的身价抬高一些，更高一些。他们觉得，一个人的身体不能与生存的这片土地分开，吃本地出产的食物，更有利于身体健康。

在中国，早就有"水土不服"之说。背井离乡后，有的人浑身不舒服，却又查不出什么毛病来。听老跑江湖的人劝导，在水里放一些随身带来的家乡泥土，喝下去后，不适感随即消失了。所以，远走他乡之前，总要带上一包故乡的泥土。这是一种庄严的仪式，顺从身心对故土的依赖。

一把泥土，千般思绪。闻着故土的气息，一解思乡苦；看着故土的颜色，消散思乡愁。

曾经的我们，故土难离，即使远走他乡，恋恋之心依然留在故土；曾经的我们，视背井离乡为人生莫大的苦痛，一朝身在异乡，则一生苦吟思乡曲……而今，谁还在坚守"身土不二"，谁就是苦守穷守，甚至是失败的代名词。

所谓的有本事，就是远走高飞。

哪怕身在故土，对于"身土不二"的产品，我们也不如韩国人那般珍惜和崇敬。我有个朋友，喝水只喝数百公里之外的农夫山泉。一次，我带女儿逛超市，她口渴闹着要喝水，我竟然随手取了源于法国阿尔卑斯山的依云矿泉水。它的价格是本地产的润田水的十多倍，我却连眼都不眨，买了下来。

检视身边去"身土不二"化，想来真够心酸的。大米买东北产的，蔬菜来自山东寿光，水果只挑台湾来的，鱼只选海里或者几百里外的大湖里的，鸡（猪）肉更别想本乡本土的了，都不知是出自何处的现代化养鸡（猪）场……还好，水来自母亲河——赣江，却在现代化水厂里，经历各种仪器和设备的折腾，并加入消毒剂，已然找不到原味了。从南国到北疆，从东海到西域，所有的自来水都是一个味道——浓烈且呛人的漂白粉味。

更让人绝望的是，现在的县城，甚至乡村，牙牙学语的孩子不再讲方言土语了，不知是什么力量促使孩子从小学说普通话。讲了一辈子土话的父辈或爷辈们用半生不熟的普通话教孩子，让人忍俊不禁，更让人心酸心碎。现代化正从根本上铲除人们内心潜藏千百年的乡土意识，毫不留情地彻底地去除"身土不二"的诗意生存和沿袭千年的生活状态。

怀念那种渐行渐远的田园生活：井里汲水，菜园摘菜，稻米自种，花卉自栽，在自家屋里呱呱坠地，在自己床上静静老死。偶尔去外面周游，但始终不离养育自己的这片热土。一生一世一土情。

今生今世，何时何处能守"身土不二"呢？

卓越人生的助推器

自卑的人，只要用心去翻转人生之牌，便能看到光洁灿烂的自信的一面。上天往往是公平的，极度自卑的人，通常都具备极度自信的潜能。泅渡一段貌似黑暗的自卑岁月，人生光明和自信的鲜花，总在黎明时刻，准点迎候。

提及自卑，莫不让人黯然伤神。

成功第一课，就是远离自卑。告别自卑，被誉为走向优质人生的第一步。天下多少父母多少师者，无不谆谆教导——走出自卑，走出自卑，走出自卑……走不出自卑，就是理不顺生活，甚至走不完人生路。

其实不然。自古以来，自卑并不直接指向自暴自弃，亦非天然引爆人性中沉沦与堕落之类的暗质。更不能与失败画上等号。

河北知名女作家闫荣霞（笔名凉月满天）作品不断，字字惊人，一直以来，都是我崇拜和景仰的对象。心想，能写出这般美得惊人的文字的人，该会是多么自信和自傲啊。及至读到记者与她的访谈，才知道，原来她也自卑着。

在谈及人生中对她影响最大的是什么？闫荣霞说："自卑。"

年少时候，她缺穿少吃，感觉不幸福。读初中，也只有一身外套，一穿一个礼拜，星期天回家洗，星期一上课再穿。有一回，老师突然来家访，她穿的是家织的老粗布做的打折老棉裤！那一刻，她自卑极了。

闫荣霞说："（所以）在很小的时候，别的没学会，先学会了自卑，这种情绪一直延伸到现在。想骄傲都骄傲不起来，永远低头走路，这是一种下意识的心理投射。至于后来走上写作之路，是受到朋友的鼓励，光凭我自己，大概是没这个自信的。"

因为自卑，所以努力；因为自卑，所以坚持……所以成功。

在一次笔会上见到闫荣霞，近距离接触，方知她所谓的自卑，已融化成深入骨髓的那一份低调与淡定。大家自有大家风范，多少人苦苦追寻而不得呀。

在电视台上班时，曾听过央视名嘴白岩松的一次演讲，他用自己的亲身经历，告诉大家一个道理：自卑的隔壁住着自信。这更让人出乎意外了。作为一名成功的明星主持人，白岩松居然也曾自卑过？

当年，作为一名报社记者，白岩松一个华丽转身，进了央视，感觉写字和说话都不如人，慢慢地，心里就淤积了厚厚一层自卑。自卑，有时是股强大的动力。因为自卑，白岩松每月花数千元买书报，看别人怎么写，每天琢磨别人在电视里怎么说。渐渐悟到了、做到了，成了中国为数不多的金牌名嘴。

自卑，有时是一个中介，化别人之长，长自己之能。因为自卑，才会去努力，一天天地坚持；因为所有的努力，自卑才会一点点地消退，自信之光，逐渐照亮人生路。正因如此，白岩松才从一个曾经的自卑者，走到光环中央，享受到成功这枚甘甜的人生浆果。

自卑和自信是成功人生的一体两面。

自卑的人，只要用心去翻转人生之牌，便能看到光洁灿烂的自信的一面。上天往往是公平的，极度自卑的人，通常都具备极度自信的潜能。泅渡一段貌似黑暗的自卑岁月，人生光明和自信的鲜花，总在黎明时刻，准点迎候。

这就不难理解美国心理学家阿德勒这样评价自卑："自卑才是人类发展的动力，因为要克服自卑，人才会努力发展，进而变得更加卓越。"从闫荣霞到白岩松，无不佐证阿德勒的论断。

自卑，不是在成功之途釜底抽薪，而是卓越人生的助推器。

记得抚触
疼痛的心

当一众人等在推墙的时候，可要知道，在你的面前一定有一颗疼痛的心。记得用你善良的目光去抚触，用温暖的爱去呵护，而不是试图抛扬怨恨，以期累积自己心头的快乐。

1. 孩子们的玩闹。围墙。

村庄没有围墙。

只有菜园象征性围起一圈篱笆，漏风漏雨漏春光，与围墙没法比。初入乡中学，感觉最新奇的是那道长长的围墙。好奇如一枚磁石，将我们这些孩子紧紧地吸引到围墙边，疯玩狂闹。起初是想办法爬上去，骑墙而乐。立于墙垛的风光，在于能享受着底下同学的仰视和鼓励。骑腻了，就翻越，最刺激莫过跳下去，落地之前，有腾飞的快感，飘飘然似神仙。

玩的花样不断翻新，就有人提出要砸墙了。一个，又一个人向围墙投掷石头，一只，又一只脚在墙上踹，嘭嘭作响。砖松动了。墙豁口了。一旦洞开，围墙就脆弱得不堪一击。不到一个学期，教学楼前的围墙就全毁了。

一个人面对围墙时，感觉心中有愧，因为我也是浩浩荡荡的踢墙大军中的一员。倒墙的"功劳簿"上，有我浓墨重彩的一笔。

至今仍清晰地记得，一个阳光灿烂的午后，清风徐来，我一个人坐在路沿上，凝视眼前这片满地颓垣的围墙遗迹，心生怜惜。心想，如果围墙也有一颗心，那么它一定疼痛难忍。我用我的目光抚慰它难于平抑的锐利的痛。

蓝天之下，一个少年用善良和忏悔的目光抚触疼痛的心。

2. 狂乱的年代。校长。

寒冬之夜，聆听她的故事，听得身颤心寒，即便在超大功率的取暖器面前烘烤，也抵挡不住从心底不断冒涌出来的冰冷。

她是我的同事，已退休，返聘至后勤部做收银员。起初，很家常式地聊着孩子，不成想却扯出悲凄往事来：

初为人母时，她已过 35 岁，那个年代，算是相当晚了，已然超出我的理解范围。一切源于她是个"黑五类"。家被抄，身为中学校长的父亲被游斗，无奈之下，母亲领着她姊妹几个，被下放到乡下，栖身老乡的牛棚，过着非人的生活。

我问："你看过爸爸挨打吗？"

她说："看过呀。我妈妈紧拉着我，让我别看，一家人只有躲到一边哭泣。"

我问："都是什么人打呢？"

她说："是我爸爸的学生。那么多学生，你一拳我一脚他一棒，打得真凶呀。到底是哪些人在打，别说是我，我爸爸也记不清了。"

对于父亲的遭遇，母亲让她目盲，而她自己选择失忆，不然，还想怎样呢？艰难时日，她记住了一个人——她父亲最看重的得意门生。无论她父亲遭受多大的苦，他都默默站在视线范围之内，目光柔和地看着自己的老师自己的校长，或者转过身来看她和她的家人。他始终没加入到打人的行列，只是一个无奈且无助的看客。

数年后，他成了她孩子的爸爸。

狂乱之时，混乱之中，不远不近的地方，一名青年用善良的目光抚触疼痛的心。

3. 伊朗偏远山庄。女人。

端庄典雅的女人索拉雅是伊朗一个偏远山庄的女人，是一个贤惠的妻子、孝顺的女儿、慈爱的母亲，还是友善的邻居。她相夫教子，对丈夫忍气吞声，却不能想象自己的人生注定要以悲剧收场。他的丈夫阿里看上一个城里的女人，便不再给妻女支付一分一厘的生活费。他联合村里牧师毛拉，判定索拉雅犯通奸罪，处以死刑——用古老的投石方式处决。

行刑的当天，村民将索拉雅的家围得水泄不通，生怕她逃走，孩子们兴高采烈地收集石头，市长亲自丈量行刑场地，所有人都拿着手里的石头伴行，一个表演队也适时赶来助兴，仿佛是一场盛大狂欢。正如一位评论家所说："这不是一次法律的制裁，是一次神圣的男权祭祀典礼，牺牲品不是家禽牲畜，是女性的肉身和尊严。"

索拉雅临终遗言："我是索拉雅啊，曾经互相串门，曾经一起吃饭，我们是朋友，我是你们的邻居（对人群说），是关爱你们的母亲（对儿子说），是孝敬你的女儿（对父亲说），是服侍你的妻子（对阿里说），你们怎能如此残暴地对我？"满腹悲怆之气，只引来热烈的回应："这是真主的意志，真主是最伟大的！"

她胸部以下全埋在地下，乱石朝她砸去，包括父亲和儿子在内的几乎所有人都以真主的名义，对索拉雅的投去泄愤的一石。顿时，血肉模糊，惨不忍睹……

这是电影《被投石处死的索拉雅》，也是一个真实的故事。看后，心里像是灌了铅，沉甸甸地，肌骨发麻，背脊发凉，我本能地缩在沙发里，像一尾离开水的鱼。

所幸还有一个赞哈拉，她不惜一切代价，以鸡蛋碰石头的勇气，决绝却无望地拯救索拉雅。无力亦无奈的赞哈拉从宣判那一刻起，就只能用目光来抚慰索拉雅。最终，赞哈拉将此事件告诉法籍伊朗记者弗莱多南，向全世界公开披露事件真相……

在极端疯狂的男权社会里，一个智慧女人用善良的目光抚触疼痛的身心。

4. 虚拟空间。流言。

网络上流传一句话：因为陌生，所以勇敢。

陌生，再加上匿名，那就不只是勇敢，简直肆无忌惮！

曾经遭受两次网络攻击。

一次是在贴吧里，有学生以补考起兴，紧接着数十学生跟帖，流布恶毒。好在一个班的学习委员挺身而出，道出真相，澄清事实。然而，"游客"连同她也一起骂。我看到这个帖子的时候，第一次感到为师之尊丢失殆尽。大为疑惑的是，堂堂大学生怎么会用这样下三烂的方式，恶意攻击、侮辱自己的老师？

还有一次，起因是一篇小文，无数网民以游客身份进入我的实名博客，贴满世上最恶毒的骂语。交流也好，批评也好，都能接受，为什么要用街头咒骂的方式在网络里横冲直撞呢？我首先想到的是关闭匿名留言功能，不少网民便临时注册一个新的，继续攻击。不可能回应他们，也回应不了，我在明处，他人在暗处，我一人，而对手却是人海。那些攻击手，在现实中，并非就不是弱者，为什么上得网来，对同样是弱者的人会下如此毒手呢？想起电影《被投石处死的索拉雅》中的索拉雅，在受刑前对抚慰她的赞哈拉说："我好怕，会很疼的。"

那个冬天，我感受到灵魂的疼，听到心碎裂的声音。

事件淡去后，一个名叫"木子"的网友在茫茫无边的网络，无畏地写出声援文字："文字里的美，换来言语里的毒，心灵里的伤痛，说不出……为什么受伤的总是卑微的大多数？谁欠他一声道歉？"在不知何处的远方，我看见一颗善良的心，跳出人世间最美的节奏。

在网络里，有一个可爱的女生，有一个陌生的网友用善良的目光抚触一颗疼痛的心。

墙倒众人推我不推，真的很难吗？

当一众人等在推墙的时候，可要知道，在你的面前一定有一颗疼痛的心。记得用你善良的目光去抚触，用温暖的爱去呵护，而不是试图抛扬怨恨，以期累积自己心头的快乐。

记得那颗疼痛的心，记得在心头拢掬一汪清洌的善良。

败家子的败法

败家的最高境界，应该是在败的过程中，学到一门绝活儿，如此一来，哪怕看似见底的家，永远也不会败落了。

有一远房亲戚，不务正业，专事吃喝玩乐，是远近闻名的败家子。他的父亲，从修自行车起家，一步一个脚印，安然坐到大富豪的位置。他家到底有多少钱，我们那里的人论及于此，爱用这么一句话："他家的钱多得吓死人！"

读书时，只要他开口，要多少钱，父亲都无条件满足。上了贵族学校，用钱做台阶却没能通往一所哪怕是三流的大学。在一所大学里自费念了三年，混得一张文凭，父亲又花巨资送他进入一家机关上班。谁料，没干半年，他自个儿跑出来，说是要开公司，学父亲创自己的事业。公司是办下来了，可从没迎来一个客户，进进出出，都是陪他吃喝玩乐的主儿。

气急之下，他父亲强行把公司关了，却再也关不住他败家的心，它正像一匹脱缰的野马。

喉咙深似海，欲望大如山。他败家速度远远超过家庭财富的加速度，到最后，他父亲也感到力不从心。35岁那年，他身缠一宗案子，压垮了他的家庭。曾经显赫的一家，被他活生生地败掉了。

都说富不过三代，他仅仅是个"二代"，却无情地把父亲建立起来的财富大厦，糟蹋得东倒西歪，徒有断壁残垣。

现在每每谈及他，人们都指向他的父亲母亲——挣钱容易，养儿难。有时，教好自己的孩子比挣钱更难，也更显急迫和重要。宁愿少挣几个钱，也不要养一个败家子。

败家子，古来有之。近读我国著名戏剧评论家徐慕云的梨园忆旧之作《梨园外纪》，一前清遗少大败其家，让我不由得想起那个远方亲戚来。在败家方面，这两位活宝，应该有得一拼。

徐老相熟的这位爷，叫荣稚峰，人称荣四爷，承续北平西城麻花胡同里一所大府第，一宅两院，他占西府。年五旬，出资创办正乐社票房，自任社长，清光宣年间名伶常出入其府。吃不厌精繁，穿极尽奢华，玩也要新潮，用当时最先进的蜡筒唱机，为自己喜欢的伶人灌音。

荣氏父辈曾出任西太后听政时期的内务大臣，各处进贡皇上的奇珍异宝，都有备份呈送与他。祖上传下来的财宝，足够荣四爷富贵无忧地生活下去。他怎么吃喝玩乐，都不致家中亏空。他的败家源于他的马虎，天大的事都不闻不问，任由手下的人去办。他喜欢鲜花，就想当然地开了一间花厂，一天到晚，装花痴样，沉湎其中。终究是没有撑住，荣四爷入不敷出，被债主四处追堵，万般无奈，就想到卖宅子。恰好当时的热河省汤主席想在北平购置大宅院，两厢就谈到了一处。荣四爷因为卖祖业，面子过不去，更因为本性的马大哈，所以，一直未出面。大宅第以十万成交，一应手续，荣四爷都派管家全权办理。

谁知，银讫之后，汤主席派来大批军警，将荣府老少仆婢全赶了出来，除随身衣物，宅内物什均不准搬出来。原来，管家与买主串通好了，签了一个不平等的合约，用今天的话来说，显失公平。荣四爷请人去说，汤那边发话："谁花十万买你们这些破砖头，压根儿就讲明连家具在内的。"

没办法，这位败家的荣先生，算是把家败得个彻底了。

不过，败家也有败出名堂来的。作家冯骥才在他的作品《蔡二少爷》里，就记述当年天津卫一个另类的败家子。

蔡家是出了名的富裕，几代人全好古玩。

二少爷打小开始败家，十几年愣是没让家见底。人家就说，蔡家祖业够他吃三辈子。只有敬古斋的黄老板知道底细。十五年前，二少爷就开始卖东西，那都是珠宝玉器，字画珍玩；十年前就成了瓷缸石佛，硬木家具；再过五年，就只是一包一包的旧衣服。起初，黄老板对待蔡二少爷，像佛一样供着，到后来，对他就有些趾高气扬了。

就在黄老板对蔡二少爷不抱任何希望的时候，发生了戏剧性的变化——他又掏出了古玩精品来卖了。开始还以为是回光返照，再看一件又一件真家伙，不禁倒吸了一口凉气。早已败落的家，怎么可能还掏得出来这些硬朗的精品古玩呢？

还是北京一个同行帮黄老板揭开了谜底。原来，黄老板从蔡二少爷处购进的古玩，都是北京同行卖给蔡的。也就是说，好似见了家底的蔡二少爷，做起了古玩买卖，并从中获利。

败家子败到蔡二少爷这份儿上，算是破帽换新颜，羽化而成仙了。

若要问败家子的"败"字怎么写，上面三位算是包圆儿了。最低级的败法，视家中财富如粪土，压根儿不当回事，不花个精光，不舒服，管他什么来日方长、细水长流。次一级，本是在乎祖上传下的基业，只是家底厚不可测，觉得为所欲为也不会损其丝毫，只是社会太残酷，变化是永恒的，再殷实的家，光靠守是守不住的，坐吃山空嘛，更何况还不守，硬要去败。败家的最高境界，应该是在败的过程中，学到一门绝活儿，如此一来，哪怕看似见底的家，永远也不会败落了。

　　只是这个世上，败家败出神来之笔的，毕竟是少数。平凡
如你我，一不小心，就把家败掉了，等回过神来，仿佛做了一
场恶梦，从头再来，可就难喽！还是不去做那劳什子败家子吧，
俭省着过，后边的日子长着呢。

第四辑

眼前人　开在尘世里的佛花

这些历经俗世风尘吹拂的人们，在我的眼里，皆为尘世的美好，都是一朵明艳的佛花。

花的蕊用余香不绝的细粉写满了善良、真诚、隐忍和大爱。

开在尘世间的佛花，一小朵一小朵，明丽人间四季，清香溢满俗世。

四十四毫米的生命高度

四十四毫米，蓝天以感动的形式，记录下了这一生命高度；四十四毫米，人民用感恩的方式，永远在心里记住这一生命高度。四十四毫米，是年轻战士冯思广用大爱写在浩然长空的生命高度！

灾难降临的时候，毫无征兆。危难时刻，上天只给他们留下短短的 5 秒钟。

这是例行的跨昼夜起落航线课目训练，时间是 2010 年 5 月 6 日晚 9 点半，地点在济南市西郊。执行此次飞行任务的是济南军区空军航空兵某师教练员张德山和飞行员冯思广。灾难出现在他们第二次着陆连续起飞的飞行训练中，当时飞机刚刚进入仪表飞行状态，时速 291 公里，高度才 50 米，超低空飞行。

突然，发生空中停车。

灾难性故障的根源在于一根无法拆卸的管线严重磨损，发动机得不到供油，停止工作。由于是超低空飞行，不具备迫降或再次"开车"的条件，唯一的结果就是坠机。他们没有更多的选择项，唯一可勾选的，只有坠机地点。

紧急之下，张德山一反常态，没有报告自己的代号，直接喊出故障："我停车了！我停车了！"一秒钟后，地面指挥部发出指令："跳伞！跳伞！"为了避免机毁人亡，后舱飞行员张德山和前舱飞行员冯思广不约而同地选择了跳伞。

死神站在面前，人都有求生本能。而他们在求生的同时，心里还装着机翼下闹市区的 4000 多居民。飞机高速飞行，携带了 800 公斤航空燃油，发动机机体温度高达 700 多度，这些情况加拢起来，一旦坠落，无疑是向地面扔下一枚重磅炸弹！如果飞机坠毁在居民区，将危及数千居民的安全，后果不堪设想。

就在他们摁下跳伞键的同时，冯思广和张德山不约而同地做出违反常规的惊人操作——将飞机操纵杆向前推动 44 毫米！飞机由此改变航线，从仰角 12.3 度变为俯角 9.8 度，状态由拉升变为俯冲，提前坠地。飞机坠毁地，距离闹市区仅仅 230 米。

居民区化险为夷！

后舱降落伞先行弹出，飞行员张德山顺利降落，只受轻伤。前舱飞行员冯思广因有 1.1 秒的延迟，弹出时飞机高度仅有 32 米，且带有 16 度俯角，低于弹射安全高度，弹射后降落伞未张开即坠地，壮烈牺牲……

　　据地面值勤战士报告，第一时间在离坠机地 300 米的南侧发现了飞行员冯思广，用手电筒照他的眼睛，还会轻微地眨动。也就是说，冯思广所有违反常规的操作，都是在清醒的状态下做出的，目的只有一个：选择牺牲，以保全地面数千居民！

　　同机战友张德山伤愈后，回忆冯思广："一个年轻的战士，能在危难时刻和教练员一起推动操纵杆 44 毫米，这很不容易。他做对了。"在蔚蓝长空，冯思广用生命向人民做出了一个军人的承诺——誓死保卫人民！济南西郊数千居民永远记住这个军中好男儿。

　　80 后战士冯思广牺牲后，被追授"革命烈士"和"空军功勋飞行人员金质荣誉奖章"，并荣登"中国好人榜"，获得"敬业奉献好人"奖。

　　济南市槐荫区张庄村人秦洁对记者说："如果当时他们选择了跳伞逃生，我们张庄村将是一片火海，后果就不堪设想了。"村物业主任白林成面对央视记者的镜头，噙着泪，激动地说："他的父母养育了这么个好儿子，咱们的部队养育了这么好的一个优秀的驾驶员！"

　　5 秒，冯思广亲手将操纵杆往前推进 44 毫米，这一推，推出一个无法逾越的生命高度！44 毫米，蓝天以感动的形式，记录下了这一生命高度；44 毫米，人民用感恩的方式，永远在心里记住这一生命高度。

　　44 毫米，是年轻战士冯思广用生命写在浩然长空的生命高度！

和祖父比传奇

每个人的一生，都是一部读之不尽的书，而传奇是这书里最复杂的密码。每一个人降生于世，都天然地拥有一种创造传奇的潜能。孙穗芬老人用她绚烂的一生告诉我们：只要有勇气斩断乱心的『魔爪』，只要果敢地驱除那些烦人的俗事，哪怕年纪再大，都有可能用自己的声部，唱出独属于己的『人生的传奇』。

2011 年元旦，台北市通往桃园机场的路上，发生一起严重车祸。刚刚参观了"花博会"的孙穗芬女士，在此次车祸中，受伤严重，生命垂危。消息一经传出，立即引起海内外华人的极大关注。声声祝福，从四面八方传来。

孙穗芬为何许人也？不妨先听听她的这番激烈言辞："以前我对被称为'孙中山孙女'非常生气，我非常看不起靠祖宗吃饭的人。我很骄傲有这样的父辈和祖辈，但一个人应该创造属于自己的事业和人生。"

是的，孙穗芬不是等闲之辈，她是名门之后，孙科之女，孙中山的孙女。但她说过："我在一定范围内也很成功，不是依靠他们的声名，而是自己创造出来的，所以我希望别人更加注重我本身。"此言绝非虚妄。

孙穗芬之所以为孙穗芬，她通过自己的努力，光大了祖父精神，彰显了独特个性。祖父是一棵大树，而她以另一棵树的形式，长在旁边，并站成一片旖旎的风景。

8岁，她被母亲的朋友绑架。历尽劫波身安在，少年心事染沧桑。乱世风云中，转辗香港、台湾，上学读书。

17岁，她高中毕业，以优异成绩考入美国一家教会大学，并获得优厚的奖学金。但由于在香港没拿到签证，抬脚就能跨进的大学，失之交臂。如此伤心事，并未影响她的人生选择，她露出最美丽的笑容，做了一名空姐——全台最年轻的航空小姐。

18岁，她与孙康威——曾参加过二战的美国飞行员相识相恋。

19岁，她和孙康威结婚，生下三个儿子。

39岁，儿子个个长大成才，她再次捡起书本，坐在美国亚利桑那大学明亮的教室里学习，成了大儿子的校友，是当年校园中最高龄的大学生。三年后，她获得了秘书和金融双专业的文凭。并以《我的祖父孙中山》一书，荣获"《华尔街日报》奖"。她是亚利桑那大学第一个获得该奖的女大学生。一时间，成为美国媒体的热点人物。

47 岁，她步入商界，成为一名成功商人。

48 岁，她以华裔身份，踏入美国政界，在商务部做商务领事。

51 岁，她成为外交官，回到出生地上海，任美国驻上海总领事馆商务领事。

54 岁，她在美国驻法国巴黎大使馆任商务参赞。

56 岁，她辞去公职，到香港创办了一家咨询公司——香港顺亚顾问有限公司。

此后几十年如一日，她常常奔波于上海、香港和美国之间，开拓贸易市场，乐此不疲。

2011 年 1 月 29 日，孙穗芬离逝。

海内外华人为之动情、落泪，都感到十分惋惜和悲痛。孙穗芬的人生传奇，从另一个角度来看，毫不逊色于祖父。她用传奇的人生，以及"和祖父比传奇"的大无畏气概，作下一首人生长诗，一字字，一行行，都洇染着孙氏精神和风采——独立、进取和拼搏。

每个人的一生，都是一部读之不尽的书，而传奇正是书里最复杂的密码。每一个人降生于世，都天然地拥有一种创造传奇的潜能，只是在庸常的生活里，在日复一日的平淡中，仿佛有千万条魔爪缠绕着心，抓揉那传奇，回归平淡平常，直至平庸。孙穗芬老人用她绚烂的一生告诉我们：只要有勇气斩断乱心的"魔爪"，只要果敢地驱除那些烦人的俗事，哪怕年纪再大，都有可能用自己的声部，唱出独属于己的"人生的传奇"。

像蝴蝶一样
生活的民工

你看他脸上一直回漾着的笑容，还有他逡巡这些意外之财宝时那将军风度，这何尝是我这个居城十数年的大学教员所具有的呢？他这简单的幸福，一点一滴都具有上乘的质感。我不再怀疑大姐夫的生活意义何在，因为此时的他正像蝴蝶一样在生活的花海里快乐翩跹。

这些年，大姐夫一直在瓷都景德镇打工。

他曾是村里有名的木匠，为寻几个活钱，长年外出揽活干。建筑工地搞现浇需要模板定型和木板支撑，这就是他干的活计。工钱不多，以前十几块钱一天，这么多年来，物价升涨，开销猛增，他终于也能拿到日薪百余元了。只计日薪，做一天算一天的工钱，所以，他舍不得休息，若接连歇了十天，必定像候鸟迁徙一样，执着地寻找下一个栖身处。

大姐夫属于"农民工一代"的典型。农忙时，尽量抽空回来莳弄庄稼；工地有事做，就是挂吊瓶也决不停工休息。所挣来的钱，除了维持自己的基本生活，一个子儿也不乱花，统统攒下来,上交给我的大姐。用他的话来说,就是"留给家里用"。

他是一只蚂蚁,只顾埋头苦干活。四处找工,不停地干活,不让自己有片刻停歇。我不懂,他这种状态,生活还有什么意义?

大年廿二,我到大姐家,天色已晚,大姐夫从景德镇赶回来,一落家就喊要吃饭,一早在工地上啃了几个馒头,都饿得前胸贴后背了。客车停在国道边吃中饭,他不舍得吃。不吃还有一个重要原因:怀里揣着一万块工钱,他不想让贼打上眼。就他这一身邋遢的行头,贼要是能盯上,那可真是太阳打西边出来。

吃饱了,大姐夫异常兴奋地从怀里取出那一万块钱交到大姐手上,一脸成就感。然后,转而对我说:"我还有东西。"他这语气,东西就不再是东西,而是贵重礼物的意思。

大姐夫从他那个脏兮兮的三色编织袋里,往外掏宝贝,是这么几样:一只破口的瓷花瓶,一堆残次品类的碗碟,一卷废旧电线,六块小木板。景德镇的瓷器,多得有捡,大姐夫指着那些废瓷说:"这些都是捡来的。"我曾协助香港凤凰卫视在景德镇采访半个月,知道窑主会将烧制出的残次品拉到一个专门的地方毁弃。而他正是从一堆废片里淘出这些尚未掷碎的东西。一掷即碎的瓷器,他居然能淘出这么大玩意,那得花多少功夫啊!没活干的时候,他的休闲就是想着要去捡拾弃瓷,给家里添置物品。

　　大姐夫指着这一大堆东西说：“这些都是捡的，统统没花钱。”电线是工地收工后，东家丢弃不要的（城里人留这个才怪呢）；六块木板（可做二个小板凳）是裁下来的边角料，作为垃圾丢掉实在可惜，稍作处理，就带回来了。这些宝贝，不再是城里丢弃的垃圾，也不是大姐及外甥们嗤之以鼻的废物，已然是带给大姐夫成就感和幸福感的意外之财。

　　你看他脸上一直回漾着的笑容，还有他逡巡这些意外之财宝时那将军风度，这何尝是我这个居城十数年的大学教员所具有的呢？他这简单的幸福，一点一滴都具有上乘的质感。我不再怀疑大姐夫的生活意义何在，因为此时的他正像蝴蝶一样在生活的花海里快乐翩跹。

　　有人总结美满生活状态——像蚂蚁一样工作，像蝴蝶一样生活。我那年近半百的大姐夫，一身脏黑的普通农民工，用他的质朴和简洁为丝线，织就了众人心之所向的“像蝴蝶一样的生活”。

大道至简

人与人之间的交往，重在心的交流。一颦一笑、一举手一投足、一条短信、一次问候，一个可以在一起发呆的午后，一个有事无事都不联系突然拜访也只为见上一面的人……莫不是简洁有力的，简单明了的。简而有味，简而有神韵。

朋友来了。

没说什么时候来的，也没说为什么来，打个电话，就让我到小区门口去接他。我们有四五年没见面了吧。其间，除了过年过节发个问候短信，几乎没有来往。我没有一丝犹疑，风风火火下楼去迎接。一直以来，我信奉这样一个待客原则——无论风雨都去接你，不论远近都不送人。更何况是他，这个打小就在一起玩的伙伴。

老朋友相见，才知道光阴如梭，模糊了各自的记忆。岁月在我俩身上烙下深深的痕迹，第一眼见他，都有些不敢相认。还是他大方，张开双臂，给了我一个结实的拥抱。这一突如其来的西式大礼，把我给弄蒙了，不敢回应他，挺直身子，木然地任由他抱着。

在我家书房坐了一会，也就一盏茶的工夫，他提出要我带女儿一起去玩，说他儿子在宾馆，去接来让两个孩子一块玩。

那天下午，两个不曾见面的小孩，由陌生到难舍难分，而我们两个大人，由当初的无话不谈的熟稔，到如今对坐无言，傻愣愣地看孩子们玩得恣意盎然。女儿下午都要午休，我看时间不早，借口孩子要睡了，抱着孩子，匆匆与他和他儿子告别。

两个孩子却舍不得分开，相约去各自的家里玩。一个在广州一个在南昌，相互串门，哪有那么简单，小孩管不了那么多，亲切话别。我和朋友淡淡地不无伤感地说："走吧！走啦！"

朋友走了。

一大堆的疑问，萦绕在心间。他没什么事，怎么不远千里突然造访？这么多年没怎么联系，难道仅仅是为了带孩子一起玩？为什么不提前通知，好让我有个准备……拿起电话想打给他，却又放下了。是心里放下了。真正的朋友，不就是这样吗？想起来了，打个电话见个面，难道一定要有什么事吗？简单如孩子所说"下次来我家玩"，也不管南昌和广州相距多远。

想起姜文处世的简单来。

前不久，在娱乐频道看了一则新闻，关于姜文约请演员的。姜文只导过三部影片，沉潜数年，终于准备拍首部商业大片《让子弹飞》。在给剧中人"老汤"选演员时，首先想到的是葛优。姜文很正式地用毛笔写了一封热情洋溢的邀请信，却没有寄走，觉得太过复杂了。他把剧本送到葛优手上，过段时间，发一条手机短信，不着一字，只一个问号。未几，葛优的回复来了，只一个字：妥。这事，就这么定了。简单至极。

人与人之间的交往，重在心的交流。一颦一笑、一举手一投足、一条短信、一次问候、一个可以在一起发呆的午后、一个有事无事都不联系突然拜访也只为见上一面的人……莫不是简洁有力的，简单明了的。简而有味，简而有神韵。

正应了先哲老子的那句名言：大道至简。

开在尘世里的佛花

我相信，在这个世界，有一种花，香艳得久，传承得远，它的名字叫——佛花。

牵着女儿，从广场邮局出来。

那个现做现卖龙须糖的人还在。每次来这，都能见到她，只是她身旁的人换了。一直都是一个年纪相当的中年男子，这回是个男孩子，二十岁上下，稚嫩、青涩，东张西望，眼里满是新奇和羞涩。

每次打她身边走过，女儿都吵着要吃龙须糖，都被我以不干净会吃坏牙等为由拒绝了。这次路过卖龙须糖的女人，女儿很懂事地说："那个龙须糖不能吃！"那个女人本能地吃惊地看了我们一眼，颇有些凄凉。也就是一霎，她复低头，只见双唇翕动，难闻其声。面对儿子，她低声下气地求着什么……我能猜出来，定是青春叛逆期的儿子不听话，忤逆行事。作为母亲的她，只能那样低声下气地苦劝。

走出十步开外，我拉女儿重回到龙须糖小摊前，向她要了一份。她微笑着收钱，谦恭地递来一盒，说："很好吃的，香甜松脆，绿色食品，没有加那些乱七八糟的东西。"我没有理会她，转而对她儿子说："你不要读书呀？怎么陪妈妈在这儿卖这个呢？"她接过茬去，说："是啊，都劝了他好多天，马上要中考了，还不回学校，急死人！"她急急慌慌的模样，让人备感心酸。

那一刻，男孩坚定地说："妈，我明天就回去！"就这一句，她笑靥如花。

离开她之后，女儿问我："老爸，今天怎么可以吃龙须糖呢？"

我说："爸爸给你买龙须糖的时候，看到了一朵美丽的花！"

女儿没有理会什么花不花的，放一粒糖进嘴里，抿嘴一笑。

朋友开了一间影视广告公司，制作影视（三维动画）广告片，生意红火过一阵。金融风暴袭来，单子越来越难接，生意急转直下，至今也没能恢复当年的盛气。

为了培育、开拓新的经济增长点，他让手下员工转型，制作了一批三维动画片，然后将人的照片合成个性化电子相册，颇有些电影效果。起初，他拿几个成片去南昌的影楼推销，一个电子相册收费 20 元，卖得还不错。

他聘请一个女大学毕业生，专门在网上销售。对此，我不太看好。没有第三方保障，没有约束，仅靠一个 QQ，想把这个生意做到全国，未免太困难太天真了点吧。

事实证明，我错了，错得离谱。

朋友后来将个性化电子相册，做到年售 10 万余元，生意遍及全国十数个省市区，已是公司最为成功且相对稳定的新财源。

我问朋友："有没有做好电子相册，客户不付钱的呢？"

朋友说："放鸽子？有啊，不过只有二个，一次 380 元，一次是 220 元。你要知道，世上还是好人多，做生意不诚信的人，终归还是少数。"

坐在朋友的公司里，看着那些爽心悦目的电子相册，以及相册里那一张张幸福的笑脸，我似乎闻到了怡人的花香。

蜂蜜是大自然的精灵。

小时候，养蜂的大舅将他的蜂箱驻扎在我们村后山上，去那里玩的时候，总怕被蜜蜂蜇了，那奇异的痛感，真的很要命。大舅说："不用怕，蜜蜂不会轻易叮人的。它要是叮了人，很快就要死了。你不打它，它就不会叮人。"我心有余悸地路过花丛，看到嗡嗡飞舞的蜜蜂，寻花采蜜，一刻也不停歇。

　　长大后，发现养蜂的大舅其实也像蜜蜂一样，冬末离家，去全国各地找花源，待过花期，又辗转他处。深秋花歇，又租辆大货，从远方奔回故乡。每年光运费，对于一个农民而言，已是天价。年景好，有收成，才会有赚头。灾年，花事不旺，铁定就亏了，不光赔了一年的力气，还有本钱。

　　有道是，喝水不忘挖井人。知道大舅年年东奔西跑，着实不易，我想说的是，吃蜜不忘养蜂人。

　　如今，不得不面对一个现实：只因养蜂过于辛苦，养的人越来越少，蜂源趋紧。蜂产品以次充好，掺假使杂的现象便多了起来。一次在网上看到了个图文并茂的帖子《让你看看真实的养蜂人》，童年的印象立即在大脑里复活，我依稀看到了大舅的身影，感受到他一家人四处奔走的艰辛。

　　心为之一亮的是，我看到后面一个跟贴——从此不再吃蜂蜜，养蜂人太辛苦了。

　　那一刻，我似乎看到比天底下最美的花还要美的那朵，从网络里蔓延而来，盛妍在明媚的春光里。

　　有道是：不俗即仙骨，多情乃佛心。

　　那个来自金溪县的现做现卖江西特产"龙须糖"的中年母亲；那些未曾谋面，甚至不曾来电，只通过虚拟网络联系的影楼商人；那个不吃蜂蜜只因懂得养蜂人艰辛的陌生网友……还有，随手拍照解救流浪儿，公车给老幼让座的人们，绝望的眼神里因你的出现而闪烁希望之光……还有更多。他们莫不是以慈悲为怀，心生悲悯，赠良善于人间！

这些历经俗世风尘吹拂的人们，在我的眼里，皆为尘世的美好，都是一朵明艳的佛花。花的蕊用余香不绝的细粉写满了善良、真诚、隐忍和大爱。

开在尘世间的佛花，一小朵，一小朵，明丽人间四季，清香溢满俗世。

因为熟悉，
所以大胆

范用，一个老书迷，一个
爱书爱朋友的老书人，一世以书
为友，用他的热爱和大胆，演绎
了一个童话般美丽的书界传奇。

在网上，有一句话流传甚广："因为陌生，所以大胆。"2010
年9月4日驾鹤西游的世纪老人范用先生，反其道而行之，
用弥漫书香的一生，树立一代书人的典型"范式"——因为
熟悉，所以热爱；因为热爱，所以大胆。

这也是范用先生一世爱书做书的光辉写照。

年轻的时候，范用在出版社做小工，打包分发诸样杂事都
不离手。后来，他成为人民出版社副社长、副总编辑，兼任三
联书店总经理。对书的熟悉，源于与书的零距离。在书堆里，
他跟书本耳鬓厮磨，零距离感受书香，品味书韵。范用只念过
小学，却与书结下不解之缘，70年的"三联"生涯，做到与

书和谐相处，真正算是与书牵拥一生。

1969 年，范用被下放到湖北省咸宁干校劳动，在繁重的农活间隙，不忘与书人陈翰伯（原文化部出版局长）一起交流书事，并畅想未来——在条件许可的时候，要专门为天下爱书人办一本"读书"杂志。

十年后，范用走出牛棚，创办了《读书》，创刊号上用的第一篇文章，居然倡导大家去读《金瓶梅》这样的"坏书"，用文之大胆，思想之新锐，让出版社领导都为之害怕。后来，社里决定，《读书》杂志要是出什么问题，范用全权负责。

更大胆的是范用突出重围，出版了巴金先生的《随想录》。"文革"结束后，巴金用讲真话的方式写就的反思作品《随想录》，陆续在香港《大公报》"大公园"副刊连载。随之而来的是巨大压力，有人通过各种方式阻挠刊登反思"文革"的《随想录》。范用获知内情，打电话给巴金，表达了自己的气愤，请求将《随想录》放在三联书店出版，并且保证不会改一个字。全本《随想录》一经出版，轰动一时，受冷几十年后，巴金重新回到文坛。

十数年后，一家出版社再度出版巴金的书，对于《"文革"中的博物馆》这样的篇什，只存目，却不敢收录正文。这个细节，让我们清晰地感受到当年范用大胆到何种程度！

后来，范用相继推出了《傅雷家书》《牛棚日记》等经典传世图书，并创办了《新华文摘》。他的大胆，化成一本本经典图书,使一代中国人闻到久违的书香。这是多么难得的事呀。

范用的大胆,当然招来不少批评。他的回答是:"编书出书,我就凭个人的兴趣爱好。要做好工作,没有一点兴趣,行吗? 恐怕做人也不行。"

有一本名叫《叶雨书衣》的书,是图书装帧方面的经典之作。作者叶雨,不是别人,正是老书人范用。他将自己对图书装帧的心得,集合成这本书,笔名谐音"业余",自谦之词,书品相当周正,不打半点折扣。他不光看重书的内容,感悟书的形式也到了极致。

戈宝权说:"范用是书的奴仆,又是书的主人。"真是一语中的,道出一代书家范用爱书的内涵和做书的精髓。刘再复这样评价老朋友范用:"范用仅读过小学四年级,最后却成了博览群书,高立书林,独生夜响的书界风骨,这完全是得自乾坤造化之心。"

范用,一个老书迷,一个爱书爱朋友的老书人,一世以书为友,用他的热爱和大胆,演绎了一个童话般美丽的书界传奇。

风骨存世,范式绝响。

成功源于一个字

『三只小猪』最初源于贾爱华对儿子的爱，升华于对天下所有孩子的爱。这也是她成功的基石。是啊，成功源于一个字：爱！

　　贾爱华，有一个人所共知的绰号"猪妈妈"。随着媒体对她和她的"三只小猪"的深入报道，她终于体会到比成功更让她喜悦的事——天下很多人都称她妈妈。

　　儿子刚上幼儿园的时候，和大多数孩子一样，有这样那样的小毛病。比如：不愿意吃饭，不喜欢洗手，不乐意洗澡等。任妈妈怎么喝斥，儿子依然我行我素。儿子喜欢看卡通画，看动画片，这给贾爱华一个启示：我可以把一些道理用卡通画的形式告诉儿子。

　　贾爱华一头扎进幼教理论和卡通形象当中，终于画出三只小猪来。一有空，贾爱华便给儿子讲三只小猪的故事。效果出奇地好，儿子不但改掉了坏毛病，居然迷上了那三只小猪，喜欢妈妈讲的小猪故事。儿子把三只小猪的故事告诉自己幼儿园的小朋友。贾爱华每次去接儿子，都被幼儿园的小朋友缠住，闹着要听三只小猪的故事。

贾爱华陷入沉思：这么多小朋友都不约而同地喜欢上三只小猪，可见是很有吸引力的，天下的妈妈都为自己孩子的毛病头疼不已，为什么不让中国的孩子都来喜欢这三只小猪呢？儿子和他的小朋友经常来问她："什么时候三只小猪能变成动画片啊？"那时，贾爱华便立志要做一部属于自己的动画片。

一家出版机构得知贾爱华创意设计了关于三只小猪的《Q城宝贝》，提出以一集一万元，总价360万元的价格购买文稿版权。她果断地拒绝，决心自己来做会动的画。不久，贾爱华成立了"西贝制造创意工作室"，设计制作动画片《Q城宝贝》。她想，为了天下的孩子，自己付出一点，累一点，也没什么的，不就几集动画片嘛。

情系三只小猪，爱洒天下孩子。从此，贾爱华踏上了一条荆棘遍布的崎岖之路。不入行不知难，动画片的制作费1秒500元起，10分钟的动画短片就是6万元之巨。

贾爱华花掉了自家买房买车的钱，又向亲戚朋友借。借第一笔钱的时候，还以为很快就能还上，及至重新借贷，才明白还款已是遥遥无期。

缺钱带来的困境，贾爱华并不惧怕，倒是那种孤立无援、孤军奋战的感觉，让她尝遍人生的万般愁苦。为一个情字，贾爱华踏上了艰难之旅，她不信自己的所有努力就换不回奉献给孩子们的一片晴空。

有一家电器制造商找到贾爱华，愿意投入 2 亿元资金，合作开发《Q 城宝贝》，条件是那三只小猪要换成他们产品商标。这让贾爱华看到希望之光。但是几番接触后，发现对方根本不懂动画，一心只图广告效应。在即将签订合同的时候，贾爱华主动退出。钱对于"三只小猪"来说，只会把它们侵略得不成样子，而且，钱越多，侵略性越强。贾爱华宁愿不要钱，也一定要保持"三只小猪"的原汁原味。

她需要志同道合的人，需要支持，巨大压力让她心力憔悴。

这时，她遇见纪志龙，深圳一家出版社的总编辑。纪总编看了贾爱华的"三只小猪"，一周后与她签订了意向书，十天后，第一笔出版费打到"西贝制造创意工作室"账户。其间，出版社方面没派一人来考察工作室，百分之百的信任。辛苦多年，终于找到志同道合之人。

如今，《Q 城宝贝》卡通画已在全国各地书店热销，动画片已进入各级电视机构的节目编排表。最让贾爱华感到欣喜的是，《Q 城宝贝》已被列入"国家十一五重点电子出版物"。

没有拯救民族动画的雄心，也没有赢得亿万财富的野心，贾爱华，一个普通的妈妈，甘愿情洒天下的孩子，为孩子们撑起一片多情而温馨的天空。"三只小猪"最初源于贾爱华对儿子的爱，升华于对天下所有孩子的爱。这也是她成功的基石。

是啊，成功源于一个字：爱！

地震中的母亲

地震的那一瞬间，母亲的心被大灾难干扰了，单纯的母爱暂时偏离航向，然而，泛化的母爱施于他人——与己无关，甚至与己有仇的人。这不正是人间难得一见的美好吗？爱，不分对象，不问出处，任何一种爱都值得为之歌唱。母爱之上，闪烁着博爱之光，母爱之下，亦是金灿灿的大爱啊！

　　家住唐山郊区的李淑莲，即将迈进幸福的婚姻生活。

　　去夫家之前，对家十分留恋，对母亲也格外依恋。母亲把自己姊妹几个拉扯大，吃了不少苦，却无怨无悔。母亲是伟大的。烦心事也有，比如与对面邻居三嘎子一家无休地争吵。两家结下的仇怨已长达十几年之久了。起因是房子，两家都认为对方的房屋坏了自己的风水，冲了自家的脉气。那一天，两家吵得非常凶，李淑莲躲在屋子里，听得心惊肉跳。好在自己马上要出嫁了，要远离淤积多年的矛盾地带了。

　　然而，当夜一场大地震，彻底改变了一切。

　　1976 年 7 月 28 日凌晨 3 点，持续 23 秒的大地震，让李淑莲家的房子彻底趴下了，她和哥哥姐姐都被压在废墟底下。所幸的是，母亲安然无恙地逃了出去。在烟尘中，她和哥哥姐姐拼命呼喊着："妈妈！妈妈……"

母亲在外面应答着，声音却越来越小。母亲走远了。

"母亲居然不管我们了！"那一刻，李淑莲绝望了。母亲的见死不救，瞬间冲毁了她心中伟大母亲的形象。李淑莲的身子被挤压得喘不过气来，腰部钻心地疼痛，让她几乎要昏死过去。哥哥李树生拼死自救，率先逃出了废墟，一边哭喊着一边拼命用手刨，终于将妹妹李淑莲救了出来。

不久，李淑莲被送入解放军医疗队，得到了相应的救治，但腰椎折断了，落下了终生残疾。自己这样子，怎么能嫁过去？她的心里如覆盖一层厚实的冰霜。哥哥说："母亲传话来了，要我们去看她。她方便也会过来看咱们呢。"李淑莲自言自语道："她还有脸要我们去看她？我死也不会去看这个妈妈了！"她心里已然没有这个母亲了。如果不是母亲临阵脱逃，早一点来救她，肯定不会落下终生残疾。

天底下，怎么会有这样绝情的母亲呢？

之后，传来一个更为令人吃惊的消息，让李淑莲困惑不已，母亲弃子女而去，不是一个人逃生，而是去救人了。看来，母亲当时并不害怕，也不是自私自利。但救别人，不救自己的孩子，这是任何一个人也理解不了的。救世上任何一个人，李淑莲心里都还好受一些，可母亲偏偏救的是结怨十几年的三嘎子。

在救援的过程，母亲不幸被砸断了腰。母亲啊，母亲……李淑莲心里疑云密布，不知道如何评价自己的母亲了。

事隔34年，记者采访李淑莲的母亲，问及当年她为什么不救自己的儿女，反而去救治与己结下宿怨的三嘎子。老人家很平静地说："说不清楚。真的，说不清楚。"在大灾难面前，有多少事能说得清楚呢？

三嘎子没有忘恩负义，他多次上门道谢，并祈求二婶宽恕自己当年的不义。李淑莲的母亲说："好好过，就对得住二婶了！"

一场大地震，两家消弭了仇怨，握手言和。

随着岁月的流逝，李淑连慢慢理解了母亲。自己的母亲也许算不上是伟大的母亲，甚至是不够格，但母亲与生俱来的善良，地震中匪夷所思的救助行为，注定了她是一个好人。

就在这场大地震中，与李淑莲的母亲一样，唐山还有一位伟大的好人。她和同事一道救出幼儿园里几十名四五岁的孩子，却没能对一墙之隔的自己的三个孩子及时施救。孩子死后，她撞军车寻死而不成。几十年来，丈夫没有与她说过一句话，她生活在一个巨大的黑洞里。

地震的那一瞬间，母亲的心被大灾难干扰了，单纯的母爱暂时偏离航向，然而，泛化的母爱施于他人——与己无关，甚至与己有仇的人。这不正是人间难得一见的美好吗？

爱，不分对象，不问出处，任何一种爱都值得为之歌唱。母爱之上，闪烁着博爱之光，母爱之下，亦是金灿灿的大爱啊！

超越显而易见的需求

人生就如脚下的路，一眼望到头的路并不难行，真正需要我们去费心应对的，是视线之外的那一段陌生，那里藏着显而易见之外的人生需求。超越显见之外的人生需求。超越显见的需求，就是超越平凡，成就非凡。人生因了这一超越，就会像乘着歌声的翅膀一样，向着成功与幸福，无忧地飞翔。

如果说《新闻联播》的主播是"国脸"，那她就是当之无愧的"省脸"。与风光八面的省台新闻主播相比，初入社会的她则显得相当寒酸，只是一名普通的宾馆服务员。

一家企业电视台来宾馆开会，临时抽她做会务，端茶送水，打印材料递文件。她的形象没得说，端庄典雅，落落大方，说起话来，一口标准的普通话，语惊四座。会议间隙，台长找到她的领班问："她是不是北方人？"领班说："地道的本地人呀。"台长更迷糊了，南方人的普通话，怎么听都有一股塑料味，方音浓重，她怎么说得那么好？新闻播音员已递交了休产假的申请，没人接替，一直没批呢，火烧眉毛了，可把台长急坏了。

台长找她了解情况，她说："我一直在北方的阿姨家长大，因为没有户口，高考前才回来的。"原来是这样，谜底揭开之后，台长心里那股子劲消了：她只有高中学历，如何安排得下？

事到临头，人选依然未定，台长只好找她来试一试。试镜的结果，让所有人不得不为之倾倒。特事特办，她上了电视，主持新闻，成了厂区的大红人。

替补如过客，匆匆复匆匆，她明白自己的需求不在于短暂的"B角"，期待更在高远处。当她得知北广（即北京广播学院）举办全国工矿电视台主持人培训班的时候，就请示台长，毅然决然北上求学。回来后，她被正式调进厂台，并很快就成了台柱子。

天长日久，有一种瓶颈感积压在心头，使她不得开心颜。在厂台，她不用眼睛也能看到未来——干不了几年，就会被调整到幕后做编辑，运气好的话，还可能混个中层。顺利熬到头，也只是一种平淡。

这种瓶颈感直到省台来厂里做大型文艺节目才消失。那次文艺汇演设在厂大礼堂，省台一男一女两个主持，市台一个男主持和她，四人珠联璧合，将晚会主持得风生水起，摇曳多姿。之后，她被省台相中，挖去做晚间新闻的主持人。

在省台的岁月，她领受到前所未有的风光与体面；一个人的时候，却在独自吞噬闻所未闻的酸苦。只有在奋斗的路上永不停歇。

从一名高中生，到北广硕士研究生，从晚间新闻主持人，到黄金时段的新闻联播的主播，她凤凰涅槃，脱胎换骨终成红极一时的电视明星。

主持人吃的是青春饭，她深知青春不再，好一点能当上播音组长，更大的可能，卸任后去做一名默默无闻的小编导。跨入 35 岁"高龄"后，自己还有什么需求呢？未来将何去何从？她陷入了深度的思索。她觉得，超越自己，在某种程度上就是超越那种显而易见的需求。当下，自己的最大需求，无非是当播音组长。而现实却给她开了一个很大的玩笑，老组长退休之后，比她还小两岁的一个男主播已安坐此位。莫非去做小编导？导师的一个电话，让她明白自己该从何处超越——她下定决心考中传（即中国传媒大学，由北广改名而来）博士。毕业后，她举家北迁，留校任教，再次成功地超越自己。

她，并不是遥不可及的时代典范，曾经我们有一段共事的美好时光。

一次，她回南昌，我们一起带着孩子在公园偶遇，孩子玩到一起了，我们闲扯到梦想、前途和事业。她说："每个人都有自己的需求。只不过，有些人贪恋那些显而易见的需求给自己带来的满足感和成就感。而有些人，就会去超越它。我觉得，我谈不上什么成功，只不过是在超越自己吧。"读懂她就明白，超越显而易见的需求，就是超越梦想，飞跃人生。

心理学家认为：每个人都有一个隐秘的需求链。无数个需求，构成这一链条上丰富而实在的内涵。一些需求是维系生存的本能，比如吃喝拉撒睡，有的则提供心灵愉悦的良方，生命安妥的妙法。提升生命的质量与层次，就是不断地超越显而易见的需求，就像园艺师手上的刀剪，剪去一些枝桠，只为花树长得更快更高更好。

人生就如脚下的路，一眼望到头的路并不难行，真正需要我们去费心应对的，是视线之外的那一段陌生，那里藏着显而易见之外的人生需求。超越显见的需求，就是超越平凡，成就非凡。人生因了这一超越，就会像乘着歌声的翅膀一样，向着成功与幸福，无忧地飞翔。

从来没有卑微的日子

每一寸光阴里面都隐藏着无数颗幸福的粒子。只要我们用感恩的心去寻找，用入世的心态积极进取，对生活永葆欢心，就会像于丹老师那样，会发现日子的好，领略光影流年里动人的丽景。

2000 年，我在一家杂志社做编辑，总策划是北京的于丹老师。有一次，她来杂志社讲学，席间，给我们讲了一段柳村往事。

1989 年秋，于丹硕士研究生毕业，分配至中国文化研究院工作。这是一家文化部下属的单位，条件很好，专业也对口。她去报到时傻眼了，要下基层，去院下面的印刷厂，而且是编制户口一起下去，颇有破釜沉舟的悲壮意味。

印刷厂在北京南郊一个叫柳村的地方。进得厂来，要经过一条长长的土路，道两旁是稀疏的村落，有很多瘦且大的土狗。于丹拎着一个塑料网兜，越往里走，心越荒凉，心想：我堂堂一硕士研究生，就要在这样僻静的乡村荒废岁月吗？正这么埋怨着，一群土狗见来了生人，狂吠起来，如一出华丽而威严的乡村交响乐。从没见过如此阵势，于丹吓得小腿抽筋，没力气往前走，却又不得不向里挪。她用一种哭腔，呜啦呜啦地驱赶那群可恶的狗。这时，从村里走来一个村民，他看了看狗，又看了看她，埋怨道："你喊什么喊？看把狗吓得！"这一句超级黑色幽默的话，让于丹感受到一股来自泥土的温暖和安然，茫然的心仿佛被犁出一道亮光来。再看那群狗正和善地看着自己，偶尔吠上一声，也柔和如诗，有些欢迎的意思。

素来怕狗，没想到自己一通排遣惊惧的尖叫，竟能将之吓退。生活有时就这样，弹簧似的，你弱它就强，而你强它就会退让。抱着这样一种理念，于丹开始了在柳村的日子。

在印刷厂的日子里，于丹和同来的几个硕士毕业生一道，干那些不用动脑子的体力活，抢纸，上油墨，手上常常被划出道道血痕。也曾埋怨过，可埋怨能改变什么呢？想起那群狗来，她便有了劲头。她想，卑微的工作是能吓倒人的，可是，换一种态度，自己也可以把这种现实吓趴下。

改变，从对待生活的态度开始，投影在生活中，是阵阵笑声、片片欢乐。于丹义务帮工人师傅的孩子补习功课，用电炉子煮鸡蛋吃，抱着大录音机与崔健一起狂吼，在台历上写自己的开心事，去柳村买西瓜吃……点亮沉郁的心情，就这么简单。

一个偶然机会，于丹与两个同时下派锻炼的硕士生合伙做了一件大事——校对完一本古医文。如果没有他们,这在当时,几乎是不可能的。来这里之后,于丹从没摸过书,没见过字。而这件事,让她对自己对生活有了另一种认识——自己已经像吓倒土狗一样,把原本不如意的日子给吓倒了。这期间,于丹和一帮同学合写了一部书《东方闲情》,她写的那一章叫《红曲书上》,论述昆曲。18 年后,她为读者奉献出学术著作《游园惊梦昆曲艺术之旅》,惊艳四方,这得益于在柳村的日子。

于丹说:"我的第一个'博士'学位,是柳村授予我的。它让我懂得接受、进取、感恩和对生活抱有欢心。我觉得你们做杂志,也理应有如此情愫。"我们谨记着于丹老师的话,一本新生杂志做得风生水起。

多年后,我在央视《百家讲坛》中再度见到于丹,风度翩然,口吐莲花,给人以亲切、温和、智慧之感。想起与她相处的开心一天,想起她给我们讲的柳村往事,常常有醍醐灌顶之感。

是的,工作也许会低微,生活也许会不如意,环境也许会不满意,但我们走过的每一个日子,从来都不卑微,它是鲜亮的,是一枚多汁而甜腻的果实。每一寸光阴里面都隐藏着无数颗幸福的粒子。只要我们用感恩的心去寻找,用入世的心态积极进取,对生活永葆欢心,就会像于丹老师那样,会发现日子的好,领略光影流年里动人的丽景。

为爱守护

一个母亲，在艰涩的日子里，用母爱，执着为女儿守候四十八年。

她叫丁祝英，出生于江苏省泰兴市黄桥，是在战火硝烟中历练出来的坚强女性。在战场上摸爬滚打，是男人堆里风景独异的女战士，宛如一枝风中的玫瑰。飒爽英姿的她多次荣立二、三等功。那时，她给自己换了一个响亮的名字：如江。也许注定人生有缘，她会和江西结下不解之缘。

战场，无以显示女人的伟大。做了母亲之后，任何平凡女子都是英雄，而如江此后坎坷的身世，注定了她是英雄中的英雄。

解放后，如江夫妇留在了福建南平，在解放军92医院做医生。如江生了三个孩子，相夫教子，工作勤恳，幸福的生活，甜蜜的家庭，日子过得简单而幸福。

　　1961 年 1 月，已有 5 个多月身孕的如江，参加医院安排的劳动，上山扛木头。怀孕对她来说，是件稀松平常的事，那个年代，哪个孕妇不照样得干活呀。如江在山上扛 4 米多长、直径 20 多厘米的木头如履平地，脚下呼呼生风。走到一斜坡处，如江脚底一滑，身子随木头一起滚出好几米远。顿时，她感觉天旋地转，更要命的是，小腹疼痛起来，本能地想到有可能要流产。为了把自己的工作做好，她咬咬牙，振作起来，接着做。曾经多少苦难都挺过来了，她对自己怀孕受伤，并没有丝毫的在意。

　　也许，正是这一次，为她今后落下苦难的根。

　　1961 年 5 月 14 日，如江从院长手上接过三等功勋章，与此同时，第四个女儿王武萍也来到人间。一个细节，让她这个做母亲的慌了神。王武萍长到三个月后，脑袋耷拉下来，双脚交叉着缠在一块，怎么掰都掰不开。

　　如江叩问苍天：怎么会这样，怎么会这样啊？

　　经医院诊断，女儿王武萍患有先天性脑瘫。上海一家大医院断言：王武萍这种情况，最多只能活到 3 岁！医生解释说："目前还没有活到更长的纪录呢。你要有心理准备啊。"

　　如江感到天塌下来了，她可以放弃工作，放弃自己的幸福，甚至自己的生命，却无论如何也放不下自己的女儿。毕竟，是自己把女儿带到人间的，她不能不管。她想身为医生自己能够给别人解除病痛，就一定能把女儿从病魔手中夺回来。于是，她向前辈学习，买来大量医学书籍，自学理疗瘫痪病人方面的知识，细心研究女儿的病情和变化，用亲情来护理。

1963 年，如江从福建南平调到江西鹰潭工作。走到哪儿，她都要把王武萍带到哪儿。除了工作，如江的所有时间都围绕着女儿转，无微不至地照顾女儿，只希望能看到女儿的笑脸，听到女儿在床上偶尔翻动身体的声音。

面对笔者，如江悲情万分，用那苍老的声音平静地说："女儿语言神经、运动神经已经坏死，肌肉严重萎缩，骨骼变形扭曲，但眼、耳神经还是正常的，因此生病便特别怕死，常常会莫名其妙地哭，也会莫名其妙地笑，但这些，女儿都不能用语言来表达。因此，她只好把女儿床位与自己床位连在一起，每天晚上至少起来帮女儿翻四五次身子，几乎每天都给女儿擦洗身子。到了夏天，我还把两个大女儿叫到家里，抱头的抱头，抓脚的抓脚，一起帮女儿洗澡。有一次，我还找来汽车旧轮胎，自己动手制作了一根'输尿管'，专门为女儿导尿。"

就这样，一个母亲坚持了 48 年，从未让女儿王武萍长过一次褥疮，这是一个了不起的医学奇迹。这 48 年来，如江只去过一次外地，到杭州看望自己的妹妹。别的老人，在退休后都过着幸福的晚年，而如江却丝毫也不能享受老来乐，只能一心一意地护理女儿，执着地在女儿病床前坚守着，把自己坚守成一尊爱的雕塑。

48 年的守候，如江用人间大爱呵护女儿，一举推翻当年大医院作出的"女儿活不过 3 岁"的论断。

母爱，创造了人间奇迹。

绝别中新生

母爱让一个平凡的女人非凡，让一个普通的女人，也有了英雄的梦想和能力——因为，在孩子面前，母亲可以放弃一切，包括自己的生命。

　　她和他的爱，来之不易，那是上天赐予的缘分。

　　她来自贵州，和所有布依族女子一样，有着高挺的鼻梁、深陷的眼窝和黝黑的皮肤。即便绝症缠身，也遮不住她那份源自天然的清纯与美丽。他是广东河源人，憨厚正直的一个汉子，有着善良而美好的愿望。是缘，千里一线牵，让他们在打工的深圳相识相恋，并相扶相携，走上爱的红地毯。

　　她有着布依女子典型的性格，为人爽直，脾气倔强。爱人说："我从来没见过你这么犟的人！"她反问："那你为什么还爱我？"他说："我来到这个世上，就是为了等你。不爱你，我爱谁去啊？"于是，手牵着手，深情凝视。她说："我给你生一个可爱的宝贝好不好？把我们俩最美好的一面传下来。"
他说："好。我们的孩子一定会有大出息的。"

对于一个 35 岁的女人来说，生孩子是一件庄严同时又伴
随着危险的事情。殷殷期待中，孩子终于会在她肚子里踢妈妈
了。她轻轻地骂："小祖宗，你能不能轻点，把妈妈踢疼了。"
问姐妹，问亲友，孕妇哪有这般疼痛呢？爱人急急忙忙带她去
医院检查，结果让她很吃惊，更让她爱人坐立不安，茫然不知
所措。

怀孕六个月的时候，她被检查出患有恶性肿瘤。

立即治疗是最好的办法，等到扩散了，危险就更大了。事
不宜迟，爱人立即安排她住院治疗，然后去四处筹钱。当问及
任何治疗都会危及肚子的宝宝时，她迟疑了，继而毅然决然地
卷起包裹，出院了。

她要把自己的孩子安全地带到人间，哪怕用自己的命来
换。令她担心的是，怕自己苦撑不到孩子降临的那一天，怕因
为自己的病导致孩子也不健康。

每一天，每一时，她都怀着绝别的心情等待着，等待着孩
子的降生。

2008 年 12 月 19 日,他们的爱情结晶——"深贵"出生了,
是个健健康康的大胖小子。此时，癌细胞已无情地扩散到她的
全身，病理提示为转移性腺癌。

在深圳市人民医院肿瘤科 304 病房，她每天忍受着背后钻

心的疼痛。最好的镇痛药不是杜冷丁，而是给孩子喂奶。她痴痴地看着儿子闭着双眼，撅着小嘴，拼命地吸着奶瓶，母性的温暖与细微，全在这深情的注视中。后背太痛了，浑身没有力气，吃饭睡觉都觉得很难，她深知，自己看儿子，看一次少一次，注定在不久后，要与自己新生的儿子永别。

一个月后，作了六次化疗的她终于走到了人生的尽头，彻底作别了这个她眷恋的世界，黯然离去。她走后，爱人对襁褓中的儿子说："阿贵，今天是一个特殊的日子，你再高兴也不许笑，因为你来得真的很不容易，是你妈妈用生命换来的，等你长大后爸爸会告诉你这一切；如果你想哭，也不许哭，因为爸爸也不哭了。"

感动深圳，感动网络，她成了一位从虚拟世界到现实社会，从民间到政府都关心和关注的母亲。

绝别、新生、母爱、永生——读到关于她的新闻，我本能地想起了这么几个词来。在孩子面前，母亲忍受了不堪承受的癌痛，更承受了绝别的苦痛。孩子新生，母亲得以永生。

母爱让一个平凡的女人非凡，让一个普通的女人，也有了英雄的梦想和能力——因为，在孩子面前，母亲可以放弃一切，包括自己的生命。

她叫罗朝织。让我们怀着崇敬之心，记住这个母亲的名字吧。

坦诚

坦诚的力量是多么细微而巨大。让一个固执己见的老人，丢盔弃甲，绕道走别的路子，是多么地难，而坦诚就是破解这一难题的刀刃，似春风一样，让人们一件一件蜕去身上重重裹缚。

1962 年春，响应周恩来总理提议，文化部约请盖叫天到北京拍戏剧舞台艺术片《武松》。当年，为了拍好戏剧电影《武松》，北京电影制片厂艺术指导兼艺委会主任崔嵬与京剧名角盖叫天，组成黄金搭档，大腕一出场，那水准肯定就水涨船高了。

然而，让人意想不到的是，开机不久，剧组就停工了。

原因就出在导演和主演身上，他们都是各自领域里的权威，名气大脾气更大，实力强斗狠劲更强。在一起合作拍电影，各不相让，拧上了，一个要坚持走自己的电影路线，一个坚持自己的舞台风格。盖叫天气恼地说："我不拍了！"崔嵬火了：

"给你拍电影，我也真干不了！"盖叫天真的卸妆走了。

主角都撂挑子散伙，电影当然就没法拍下去。

后来，夏衍、阳翰生等人商讨续拍盖派《武松》事宜，决定由上海电影制片厂拍摄，找到早在 20 世纪二三十代年就蜚声影剧坛的大导演应云卫，看他能不能说服盖老，把电影拍下去。

应云卫临危受命，拜访盖叫天，劝他尊重电影艺术，改一改京剧程式化舞台戏分。盖老脸红脖子粗，吼道："这可是老祖宗几百年传下来的好东西，怎么能改呢！"同样不给面子。

结果是戏剧化的，电影如期拍摄，按时上映。1963 年，电影公映时，细心的观众都发现了，开片出字幕，主演盖叫天在先，导演应云卫、俞仲英的名字殿后。应老对盖老的尊重，由此可见一斑。大家都退让半步，成就了这部中国戏剧电影界的盖派经典之作。

了解前因后果的人们，都不知道应老使了什么法子，居然成功说服了牛脾气的盖老。这戏剧化的一幕，成了当代艺术史上一段让人猜想的温馨小插曲。

多少年后，纪录片《影剧人生应云卫》解密这段历史细节。原来，应云卫得知 76 岁高龄的盖老喜欢泡澡堂子，就把他约去泡澡。当时是夏天，两个人脱得一身精光，一会儿在清凉的池水中泡着，一会儿在凉爽的石板上躺着，除了拍电影，什么话都说，抗战的艰苦与屈辱，建国后的欢欣与迷惑……

裸体相见的赤诚，心门为之洞开的坦诚，让两人无限地靠近。渐渐地，两个艺术大家心灵相通，脾气相投，合作起来就顺手多了。

盖叫天果断地答应与应云卫合作，并且答应尊重电影艺术，自己坚决配合。尤其值得一提的是，在拍狮子楼一段，因为京剧有五分钟的表演，而在电影里，应云卫让盖叫天在实景里走一趟，时间缩短至一分钟。而这，盖叫天也作了退让，照样表演。

由此可见，坦诚的力量是多么细微而巨大。让一个固执己见的老人，丢盔弃甲，绕道走别的路子，是多么地难，而坦诚就是破解这一难题的刀刃，似春风一样，让人们一件一件蜕去身上重重裹缚。

埋怨别人不理解，对他人的不配合怒形于色，不如坦诚相见，从心灵上找方子，在源头上寻路子。

植入画里的美善

哪怕自己伤至于此，韩美林仍忠诚于美，忠诚于善。罪恶与丑陋不足惧，而人世间的美善就像飘在风中的尘埃，虽说微不可见，却是无处不在，无时不在。

1964 年，"四清"工作队将"思想反动"的韩美林一脚踢出京城，把他下放在安徽省淮南陶瓷厂劳改。进到厂里，大家都知道韩美林是"内定反革命"，远离他，就是远离是非。所以，偌大的瓷厂，他备感孤寂，甚是落寞。在无人亲近的异乡，韩美林迎来一个非常好的朋友———只被他唤作"二黑"的小狗。遇见它，是一个偶然，带来的温暖与感动，却长萦一生。

淮南陶瓷厂坐落在八公山脚下，一个人的时候，韩美林就会去山上走走，在如画的景致中听风散心。那天，他背靠着一棵马尾松吃饭，忽然觉得有人扯自己的衣袖，立马又感觉到一股暖烘烘潮乎乎的气息，不禁吓了一跳，定睛一看，原来是一只灰白色的卷毛小狗，又瘦又脏，毛发散乱，目光呆滞，没什么生气。看它怪可怜的样子，韩美林起了恻隐之心，把自己饭盒里的饭，拨一点给它。小狗吃得津津有味，不一会儿，就全吃光了，末了，舌头还把地扫得十分光亮。吃完了，那狗也不走，冲他摇头摆尾。韩美林伸出手去，抚摸它的毛，轻唤道："你也一定是个不走运的多余的'人'，看你一身黑，要不我就叫你'二黑'吧。"

一个被发配在山间的孤寂之人，与一只可怜的流浪狗不期而遇，就这样成了那个特殊年代温暖而奇特的印迹。从此，韩美林有了一个顽皮而温馨的"小朋友"。有二黑作伴，再爬山，韩美林就不觉得孤单了。他在烧窑的时候，二黑也会呆在热浪扑面的窑里，陪着。火盛之时，它烫得直跳，四爪轮换着点在地上，也是不离不弃。

一次，韩美林回北京看病静养，二黑跟着进了火车站。火车启动了，它狂追着，一路飞奔，韩美林含泪扬手大喊："二黑，你回去！回去啊！"火车走远了，再也看不到小狗的身影，韩美林耳畔长时间萦绕着二黑凄清的叫声。

"文革"开始后，韩美林被勒令回厂。

厄运是突然降临到头上的，一个阳光正好的上午，韩美林正聚精会神地雕刻一个朝鲜族姑娘。忽然，几个年轻人直奔他走来，二话不说，把他五花大绑，一个年轻男子当即用粗大的杠子打折了他双腿。从此，他走进生命的暗区，再也见不到人间的阳光。

　　无休无止的批斗，让韩美林感到天地一片黑暗。在批斗会上，韩美林受尽侮辱和折磨，手筋被挑断，脚骨头被打碎。那些人用钢丝捆着韩美林游街的时候，奇迹出现了，二黑突然从那些"革命小将"里钻出来，直扑向他，冲他摇头摆尾，极为亲昵。世上的人对他无情无义，唯有这只小狗呼着温热的气息，给他一丝人间无法得到的温暖。

　　谁知，打手将打人的棍子一把抢起，重重地打在二黑的身上，连打三次，韩美林只能眼睁睁地见它脊骨塌陷，软弱无力地趴在自己的脚下。然后，无数双脚同时踢着、踩着、跺着，它仍顽强地挣扎着，舔着韩美林的脚管。自己断骨，都未曾哭泣，面对此情此景，韩美林不禁热泪盈眶，暗自抽泣。

　　入狱后，韩美林脱下被二黑亲吻、抓挠过的衣衫，慎重地珍藏着，因为那里留有二黑的气息。他不知二黑是死是活，却深深体会到，小狗用生命抒写了对自己的忠诚。在这个世上，还有这样一条生命，与自己生死相依，不离不弃。

　　在狱中，韩美林被撅断过三次指骨，脚骨被踩、跺，打碎成40多块。生命遭到如此践踏，韩美林仍然坚持作画，在不到四米的牢房里，捕捉生命的灵动。他告诉自己要像二黑忠诚于自己一样，忠于自己手上的画笔。他用残指在破碎的裤子上画他眼中微小的生灵：蚂蚁、蜘蛛、蟋蟀……

经历了 4 年零 7 个月的囚禁生涯，韩美林终于看见了阳光。出狱后，首先想到的是买 1 公斤肉去找二黑。可是，却被人告知二黑被打之后，不吃不睡，当天就哀叫着断气了。激愤与思念交织着，韩美林拿起手中的画笔，把生命中永远也无法忘记的小狗，鲜活地画在自己的画布上，然后给这一画作命名《患难小友》，遥寄天堂诉哀思。

韩美林说："作为世上只有一次的生命都应受到尊重。我经常两手捂眼，感叹人生在世……后又联想到狗生在世，马生在世，牛生在世，鸟生在世……怎么都活得那么艰难。"他的画作里，多了动物的身影，狗、马、牛、鸟……一笔一画，都是植入画作里的善。

哪怕自己伤成这样，韩美林仍忠诚于美，忠诚于善。罪恶与丑陋不足惧，而人世间的美善就像飘在风中的尘埃，虽说微不可见，却是无处不在，无时不在。

将美善植入自己的画作里，就会在笔墨里永生，在人间流传。倾注一腔大爱，将美善植入画中的韩美林，因此才成为举世难寻的艺术大家，成了令人敬仰的"奥运福娃"之父。

广岛母亲

广岛母亲已然飘逝，人啊，你还忍心将地球母亲葬送于那个恶魔口中吗？

她是一个普通的母亲——广岛母亲。

在这个晴朗的日子里，她的心情很好。也许，她带着自己的孩子去看外婆，让孩子享受外婆轻柔的抚摸；也许，她抱着自己的孩子去户外走走，听听夏风温柔的低吟；也许，她带着自己的孩子去迎接心上的他——孩子的爸，即将到来的团聚，让她一路欢唱；也许，她带着自己的孩子去河边洗衣，让孩子听听美妙如鼓点般的捣衣声；也许，她带着自己的孩子去菜园，甚至能听见菜下油锅的滋滋声……

也许，还有很多"也许"，还有很多美好的人生场景，但有一点可以确认，那时，她已经在路上，身轻脚健地走着，怀里抱着自己的孩子。

然而，所有的美好，都终止在 1945 年 8 月 6 日的一团巨大的火焰里。那团火焰，从天而降，她立即本能地低下头来，弯腰俯身，用自己的肉身，给怀里的孩子拱出一个安全空间。她未能所愿，怀里的孩子和她一样，瞬间被烧成焦炭。这不是一般的火焰，而是核爆之后产生的温度高达 100 万度的巨大火球。即使远在 1 公里之外，也有 1800 度。

这位母亲抱着自己的孩子，化成了灰，而生前的这个最后姿势，却成就了一个母亲的爱的永恒神话。

这位广岛母亲，被后人做成一尊青铜雕塑，安放在日本广岛和平公园内。

有史以来，这是人类第一次把原子弹投向自己，美国对日本的广岛和长崎进行了核轰炸。广岛上的蘑菇云，让人们真正理解了"瞬间无区别大量杀戮地球人类的恶魔"这一核武器内涵。不管投下这枚名为"小男孩"的核弹，有多么充足多么正义的理由，此举一开，人类就迈出了彻底毁灭自己、完全毁灭地球的第一步。

核武器这一魔鬼，幽灵一般在宇宙间这个蓝色星球上，尽显其淫威。张承志先生在其长篇散文《长崎笔记》里写道："无论如何，瓶子的木塞已经打开，魔鬼从瓶口挣脱而出，再也无法把它关回去了。从那天之后，这个魔鬼开始了它在地球上空逡巡的日子。它每天都飞掠过我们头顶，如果侧耳倾听，能听见它不怀好意的窃笑。"

目前，得到国际社会认可的有核国家有美国、俄罗斯、英国、法国和中国五个国家。美国作为世界上拥有核武器数量最多的国家，拥有 1.06 万件核武器，其中 7000 至 8000 件处于实战部署状态，有 6480 枚战略核弹头。平均每年要花费大约 46 亿美元来维持其核武库。俄罗斯则有大约 7800 枚可以使用的核弹头，另外，其核武库中还有大约 9000 枚已经退役或等待拆卸的核弹头。

如果核战再开，毁灭的就不仅仅是广岛母亲，而是我们的地球母亲了。战争，历来只是打击不同阶层、不同利益集团的敌对方，而核战却注定是彻底毁灭。

世界上现存的核武器，足以毁灭人类地球 N 次了。控制核战，彻底销毁核武器，成了当下人类极为紧迫的事情，考验着全人类的智慧。

在广岛市中心，有一座名为"原爆死殁者慰灵碑"的雕塑，它是一个屋顶状的"埴轮"（即为日本古墓中的明器），鞍型的屋顶，下面是一座石棺，里面放置"原爆死殁者名册"。在石棺外面，赫然刻着一行警醒世人的字：安息吧，错误已不会重复。

然而，除了中国可以大声朗读这行惊世大字，其他几国有底气说出来吗？中国是现今世界唯一一个宣布不首先使用核武器，不对无核国家无核区使用核武器的有核国家。1996 年 7

月 26 日，中国在实施了 45 次核试验后，正式宣布终止核试验。

　　而在阿富汗、科索沃和伊拉克战场所使用的贫铀弹等所谓战术性核武器，让"恶魔"一次又一次地朝人类发笑，像毒蛇一样吐出那个要毁灭世界的可怕信子。

　　广岛母亲已然飘逝，人啊，你还忍心将地球母亲葬送于那个恶魔口中吗？

哀婉给美丽

签注

百色人等，千样女人，如果她们在经历离异甚至丧夫等人生哀婉之后，积蓄在身体深处的母性力量，会让她绝地反扑，成就世间最独特的丽人风景。

小时候，住在村东头的麻嫂是四方闻名的"懒婆娘"。她是远远近近的乡民教育自己儿女的活教材。人们对未成年的女儿说："从小就要学勤快点，可别像麻嫂那样，害了三代人。"对自己的儿子耳提面命："可要学好，否则长大了就只能娶麻嫂那样的女人，那是要苦一辈子的！"

麻嫂成了姑娘家的反面典型，小伙们的警示牌。

生活是一出极具悬念的戏。麻嫂从不愿烧火做饭，不会拿针缝补，更不懂荷锄耕种。出人意料的是，在丈夫客死他乡工地之后，一切全变了。洗衣做饭、栽禾种菜、带孩子、选种子、打农药，里里外外一把好手。麻嫂男人去世之后，村里人都替她捏了一把冷汗，怕她不会打理生活寻了短见，姑叔一帮人暗地里都筹划好了怎么去帮她。

等我离开村庄，村人教训孩子还是拿麻嫂说事，只不过是换了一种口吻。对男孩说："要学好，长大后才能娶到麻嫂那样的好老婆，幸福一辈子。"对女孩说："从小要像麻嫂那样学勤快点，否则，会害了人家三代人！"

同是一个人，反差怎么就这么大呢？

1963 年，美国总统肯尼迪遇刺身亡。作为美国"国母"的总统夫人杰奎琳·甘乃迪，哀泪双垂，神伤心碎。

风雨过后艳阳天。伤逝之后，她走出至亲逝去的阴影，投入到变幻的社会，在时尚、文化和生活价值领域，成为一个风靡全球的偶像人物。她随时准备更新自己，要求明天的我必定要和今天不一样，丰富的人生韵律契合了当时求新求变的时代节拍。上世纪 60 年代，美国社会是年轻人集体反叛的时代。而年轻人公认的代表，正是的杰奎琳·甘乃迪。

如果不是遭遇丧夫之痛，如果不是进入了人生的黑洞，她永远只是总统夫人，而无法用自己美妙的声音，驱逐人生的黑暗，将自己美丽的形象镌刻在历史的书页里。

奥黛丽·赫本，形象清丽，秀外慧中，被世人公认为好莱坞第一个"知性"女明星。她主演的《罗马假日》是荧幕上不朽的经典。她其实是一个很内向的女性，天生害羞，即使名满天下，也少有公开活动。她把更多的精力投入到营造家庭温馨氛围上去。即便这样，仍然经历了数次婚变。这个在荧幕上不断提升了女性"知性"形象的大明星，终于疲累于婚恋，进入人生衰境，成了哀婉女人。她演完《窈窕淑女》之后，急流勇退，从演艺界抽身而退，专门从事慈善事业。

1988 年，奥黛丽·赫本出任联合国儿童基金会大使，把慈善之光普照在儿童世界，让世人感受到她美丽背后的温良与博爱。从荧幕到现实，她将"知性"演绎到底，成了 20 世纪后半叶"知性"女人的代表。

一个女人，平凡如麻嫂，抑或高贵如"国母"或者大明星，哪怕她的品性惹人非议，哪怕她在别人的光影下黯淡，一旦迎头撞上哀婉，刹那间就变得美丽了。是哀婉给女人签下美丽的注脚吧。哀婉的女人，是这个世界别样的风景。她们遭受不幸，化悲伤为力量，破茧成蝶，在一代女人中独树一帜。

百色人等，千样女人，如果她们在经历离异甚至丧夫等人生哀婉之后，积蓄在身体深处的母性力量，会让她绝地反扑，成为世间最独特的丽人风景。

第五辑

花草情　无尽苍凉山茶花

没有哪种花像山茶花这样，与叶的配合，达到这般如火纯青的地步。碧绿的叶，大红或粉白的花，仿佛在人间最高明的画师的调色板里，打磨调制过成千上万遍一样，山茶花叶搭配和谐到增一分则太过，减一分则太弱的地步。

无尽苍凉山茶花

山茶花落时，整朵整朵还鲜亮如初，拾起一朵来，收在掌心，看花意正浓，风采不减当年，一股惋惜之情从花间漫漶开来。盛装谢幕，无限苍凉，尽在鲜花别枝落地那一刹那。人家是落了一地残红，而山茶飘落而下的是最美的靓影。

一朵，一朵，又一朵，坚韧地开着，毫不迟疑，绝不含糊。色，分两种，大红和粉白，红的像霞，惊艳人眼，白的似玉，圣洁如仙。这就是山茶花，素有"花中珍品""胜利之花"之美誉。陆游诗云："冬园三月雨兼风，桃李飘零扫地空。唯有山茶偏耐久，绿丛又放数枝红。"

山茶花，绰约艳丽于冬春之际，婉约吐蕊于红梅之前，翛然凋零于桃李之后，品雪饮霜，栉风沐雨，满枝繁英挺秀于春光。万花当数山茶最耐久，花开时排山倒海，花落时万马奔腾。

与同属亲近的油茶比，山茶超凡超俗，远离人间烟火味。油茶也开花，花落籽出，一粒一粒的籽，榨出来是一滴一滴晶莹剔透的高品质的油。茶油是食用植物油中的稀世珍宝，与生俱来的高贵，让它高居超市货架最佳位置，而且价格超出其他品类一大截。山茶亦开花，花开花落，没有油品产出，只是一树独特的繁英，摇曳春风里。

世间的花，只是花的本身让人着迷罢。梅和水仙的香、桃和玫瑰的红、杏和玉兰的白、油菜花的金黄、紫云英的紫红……那美不胜收的功劳，都是花的魅力，叶只是落脚处的一点点陪衬。没有哪种花像山茶花这样，与叶的配合，达到这般如火纯青的地步。碧绿的叶，大红或粉白的花，仿佛在人间最高明的画师的调色板里，打磨调制过成千上万遍一样，山茶花叶搭配和谐到增一分则太过，减一分则太弱的地步。

春天花繁，入眼来，怡情醉心，偏不忍看山茶花，花落之时，看得人满眼苍凉，满心沧桑。山茶美，最美不过"苍凉"二字。

像是有一种无形的集结号一样，一夜之间山茶树花蕾含苞待放，又像是听到冲锋号一样，所有的花蕾尽情地妍展开来，绽放出那般风情万种的婀娜与曼妙。山茶花的性子定是刚烈的，其感悟力超强并恰到好处，知道在最美丽的时候辞别春光，仿佛乐音到高潮，戛然而止，不苟延残喘地延续，哪怕一分一秒。

山茶花落时，整朵整朵还鲜亮如初，拾起一朵来，收在掌心，看花意正浓，风采不减当年，一股惋惜之情从花瓣漫渫开来。盛装谢幕，无限苍凉，尽在鲜花别枝落地那一刹那。人家是落了一地残红，而山茶飘落而下的是最美的靓影。

在人们记忆里，山茶的花容永远都不曾老去，那么青嫩，那么鲜亮，那么娇艳，那么美。这让我想起那些英年早逝的人来：徐志摩、三毛、陈晓旭、张国荣、海子……他们给人的印象永远是那么年轻，没有容颜老旧色亦衰的尴尬与无奈。也许，他们原本还可以更长久地释放人生的美丽，却是因缘转头空，苍凉的命运无情地划出一大片"人生留白"。

苍凉，也会缘起于一花，一朵离枝时仍整朵鲜艳的山茶花。阳光下，春风里，山茶花掉下来一朵，一朵，又一朵，我们似乎听见它心脏骤停的绝响，听到过早落地时心碎裂的声音。

一朵山茶花，一段光阴故事，一处无尽苍凉的所在。

云端的依米

为一次美丽，付出一生的努力，依米花就这样平凡地走过自己非凡的一生。它被人赋予的花语是：奇迹。可见，如果一个人能像依米花那样，哪怕资质再平庸，定会创造出生命的奇迹来。只是这样的人到哪里去寻找呢？

想想自己真够孤陋寡闻的，竟没听说过一种叫依米的花。

是一名网友让我惊奇于世界上还有如此小花。应该是"她"吧，在我的博客里留下踩过的痕迹，博名很是奇特——依米云端。心怀好奇地回踩过去，她的博客像一朵小花一般，散发着芫荽的芬芳，文字里闪烁着青春忧郁之光。

我不知道"依米云端"是个怎样的女孩，但我知道，我伤过她的伤，痛过她的痛，遗憾的是，我却不曾知晓她所酷爱的那个名叫 Yimi 的花朵。她说："上网搜索植物图片时，我发现一种微小却很令人感动的植物……"

心怀喜欢，她一点一点收集着各色依米花图片。看着这神奇的花儿，仿佛置身于茫茫大漠，与鲜亮、娇嫩的小小的花儿对视，竟激出些许清凉来。

依米花生长在非洲的沙漠深处，一条细长的根茎，吃力地寻觅着干涸沙粒中哪怕一丝丝潮润的气息。沙海里只适合生长根系发达且庞大的植物，要不然很容易就被蒸干成枯枝枯藤，唯有依米花是个例外。它娇嫩的根须，无畏地伸展，孤独地蜿蜒，朝地底深处执着地钻入，艰辛地开拓自己的疆土。在长达五年的时间里，依米花都是在为自己积蓄力量，吸吮近乎虚无的水分，尽力舒展自己。

第六年，依米花才缓缓地吐蕊展翠，静静地绽放美丽。不开则已，一开惊人，它开出的四个瓣，瓣瓣色不同，依次是红、黄、蓝、白。红得艳绝牡丹，黄得赛过秋菊，蓝得胜似鸢尾，白得炫压玉兰。一花四色，于寂寞的沙海，在万花丛中，风华绝代。

如此醉人心魄的美，却只有短短的两天，恰似漫漫时光之河中，一掬清淡的薄水。花谢之时，即是魂归之日。依米花在绽放出自己的美丽之后，茎叶与花同枯亡。

盛极而逝，灿若烟花。烟花灭逝之后，是无尽的寂寞；而依米逝去之后，留给我的却是深深地震撼——草木有大精神，依米花开，开出一种我等需仰视才能依稀一见的至高心灵海拔，让所有与它对视过的生灵都心生敬畏，饱满力量。

依米小花，柔嫩如斯，脆弱无比，一生沉潜于孤寂的大漠深处，生命的大部分都在奋发，一根筋地往地底下钻，只为六年后那两天的缤纷与精彩。漫漫求索路，只为在生命的最后时刻奏响生命的华彩乐章。

曾经的我们，都在心底里立下自己的盟誓，只是在追求的路上，被枝枝蔓蔓牵扯着，旁逸出预定的轨道。极少的人做到像依米花那样，倾尽自己生命所有，只为站在巅峰时的那一刹那间的高远与阔大。

为一次美丽，付出一生的努力，依米花就这样平凡地走过自己非凡的一生。它被人赋予的花语是：奇迹。可见，如果一个人能像依米花那样，哪怕资质再平庸，定会创造出生命的奇迹来。只是这样的人到哪里去寻找呢？

莫非只在云端？

遥远的大漠，有一朵美丽的花，它的名字叫依米。遥远的云端，有一种像依米的人，他周身所散发出来的气息，叫坚韧、执着和顽强！

这样看来，我似乎读懂了我的那位名叫"依米云端"的博友，她的困惑与迷茫，莫不时时萦绕在我的心头，在我的人生路上，一次又一次地复制。

那些花儿

且用鲜花一捧，抑或一朵，告慰那些逝去的光阴，还有那逝去的生命。

买了一盆花，突然就想起朴树的那首《那些花儿》："那片笑声让我想起我的那些花儿／在我生命每个角落静静为我开着……它们在哪里呀？"回忆，时光也为之发颤，这一旋律打心灵深处流淌出来。多少往事花瓣一样，片片落在心底，明妍了一季又一季心情。花落成泥，时光流逝，浸染了多少沧桑人事，遗落多少心里郁结！

花的美，在于短暂一瞬，就像青春，美得忧伤。美的时候不知珍惜，终于花谢花飞，才措手不及地伤悲。花事惹人爱，花逝让人怜。

这么说来，献逝者以花，是最恰当不过的了。

　　每年十月底十一月初，英国人会习惯性地将一种名叫波比的小红花，戴在自己的胸前，以纪念死难的同胞。11月11日，是第一次世界大战的停战日，1954年，英国政府又将此定为"退伍军人节"。这个特殊的日子里，举国上下用波比花，发出同一种无声呐喊——怀祭逝去的生命，缅怀那些为国捐躯和在灾难中死去的同胞。上至首相，下至黎民，波比花和着心跳的旋律，红艳于左胸前。各大纪念碑前，也会有人敬献上用波比花做成的花圈。当这个特殊日子临近，便利店、地铁口等处的波比花，一英镑一朵。所卖得的钱，商家都会主动捐给老兵协会或者慈善组织。

　　一朵花，用一种无声语言，在人间累积出生命意识。红花提醒生命，提示弥漫人间的大爱。花的美，不需要翻译。它是这个世界共同熟知的美的使者。

　　当战火燃起，各国的人们都会想起那些花儿。花与火是在世界舞台上轮流献唱的主角。苏联有一首民谣，这样唱道：

　　鲜花都到哪里去了？鲜花都被姑娘们摘去了！

　　姑娘都到哪里去了？姑娘们都嫁给小伙子了！

　　小伙子都到哪里去了？小伙子们都当战士去了！

　　战士都到哪里去了？战士们都在坟墓里头了！

　　坟墓都到哪里了？坟墓都被鲜花覆盖了！

　　鲜花都到哪里去了？……

由花起兴到花落，自喜开始至悲结，阵阵凉意袭来，心不由得为之一紧。歌谣那直白的问答，直抵人的灵魂。万千朵鲜花，满山满野，风清云淡，虫嘶鸟鸣，花在人已逝，这是怎样的一种场景啊！想来不禁泪满襟衫。

花的语，道尽人的悲。

而我们素来不喜欢用花代言。清明时节，坟山墓地陵园处，一把纸钱燃尽，爆竹响起，三揖之后，转身就笑对紫陌红尘。更有滑稽者，老觉纸钱不够，又加烧手机、彩电、别墅和美女，世上有的，一一对应上，唯独没有花。

我居住的城市，在交通事故多发地段，赫然摆放着事故车辆残骸，上书几死几伤，以警示后来者。见事不见人，人都成了事故的背景，以数字代称。邻国日本，遭逢车祸的家庭，每到忌日都会去现场摆放一丛花，放上逝去亲人的生前照片。虽说残骸触目惊心，却不抵那一束花所能到达灵魂的深度。

看过一则资料，在淮海战役的最后一战——河南永城王官庄歼灭战，"生俘国民党徐州副总司令杜聿明，击毙国民党第二兵团司令邱清泉，全歼敌 3 个兵团，10 个军，26 个师，计 26 万人。"抛开政治的是非，数字是简单的，而数字的背后，是 26 万个中国家庭，50 多万个父母的孩子，26 万个缺破不全的幸福啊！这被称作敌人的 26 万人，都是曾经接过大姑娘鲜花的小伙子啊，烈火硝烟中，他们化作了尘土。60 多年过去了，谁会为他们送上一捧鲜花？

朴树唱道："啦啦啦……想她。"如何想？且用鲜花一捧，抑或一朵，告慰那些逝去的光阴，还有那消逝的生命。

丁香花开

站在午后的阳光里，看着美丽的丁香，心想：奇异的花香，莫不是来自恒久的耐苦。

顺此想开去，优异人脉的创建，良好成绩的取得，美好理想的实现，乃至成功人生的开拓，不都是如此吗？

　　三年前，路过一个流动花摊，看见一盆齐整蓬勃的花，枝繁叶茂，花苞累累，甚是面生，是何花呢？随口借问："这是什么花？"花贩一边做生意，一边说："这是丁香花，很不错，好香哩，买去吧，摆在家里很好。"

　　乍听见"丁香"二字，耳边骤然响起那句凄美的歌词："那坟前开满鲜花是你多么渴望的美啊……"唐磊的《丁香花》从网络传播开来，红遍全国，普及到饮水机前皆能闻歌声的程度。很是喜欢，赶紧掏钱，把花给买了下来。

　　丁香，诗一样美的花儿搬进屋来，安放于精美的青花瓷盆里，搁置在东阳台上。浇水、培土、施肥，照料得不可谓不精心精细，可青嫩的花苞故意跟我过不去似的，泛黑、枯焦，继而坠落成泥。再后来，叶片也纷纷黑落下去，一些前枝也渐枯死，甚至累及全枝。唉，怎么会这样，亲爱的丁香，沦落成令人怜惜的悲壮。

感觉再无大用了，随手丢到西阳台，交由母亲随便打理。日久，逐渐忽略了丁香的存在。偶见花土焦灼得很，它渴极了，才象征性地补些水。有时被母亲浇得过湿，也难得理会。任其自生自灭。

稀稀落落的几片叶子勉强撑到初秋，第一缕冬阳照耀时，满株丁香看上去死灭一般，了无生气。再也不去管了，只等来年春天扔掉，去换新花来。没料想，春暖时节，它又抽出几片新叶来。如此两个轮回，人的脾气也被搞腻歪了，对丁香漠不关心。

今年春天，丁香的新芽要比往年繁盛一些，抽叶完全后，星星点点的花苞傲立枝头，原以为会像往年一样先黑再落，并没记挂心上。

初夏一个清朗的午后，三岁的女儿在阳台上玩耍，突然小跑进书房，冲我大喊："爸爸，花开了，花开了！"跟着女儿小跑至阳台，乳白的花儿，娇艳四射。细细一闻，浓郁的花香沁人心脾，有股从未有过的爽心如电般袭遍全身。

可爱的丁香，历经三年寒苦，终于绽放吐香了。

站在午后的阳光里，看着美丽的丁香，心想：奇异的花香，莫不是来自恒久的耐苦。顺此想开去，优异人脉的创建，良好成绩的取得，美好理想的实现，乃至成功人生的开拓，不都是如此吗？

蝶出没注意

守护紫斑蝶，从大人到孩子，都捧出一颗爱心。蝶是飞舞的精灵，而人们的爱，给予『精灵之舞』最美丽的呵护。

　　春暖花开，飞舞的紫斑蝶，浩浩荡荡地飞来了。它们朝着家的方向，执着地向前飞，翅膀一扇一扇，扇出一股小风，那风中流淌着家的味道。

　　这里是我国台湾省云林县，在林内与古坑两地，每年清明前后，成千上万的紫斑蝶展翅高飞，大规模地迁移，蔚为壮观。台湾紫斑蝶迁移是全球仅存的两处蝴蝶迁移之一，是世界生物迁移的一大奇观。因为这些可爱的紫斑蝶，台湾素有"蝴蝶王国"的美誉。

　　回家，是人类永恒的主题，其实，亦是生物界相通的本能之举。每年紫斑蝶迁移，多达 40 万只，高峰时期，单日约有

20 万只紫斑蝶通过，每分钟有一千余只飞过。

然而，穿越云林境内的 3 号高速公路横亘在紫斑蝶迁移的路线上，每年都有可爱的蝴蝶在回家路上，葬身于"车祸"之中。精灵们的惨死，触目惊心，让人心生怜悯。

为了守护紫斑蝶安全回家，人们想出一个折中的办法来——公路为蝶路让道。为了给这些回家的精灵创造一条平安路，台湾高速公路管理当局从 2007 年起，正式实施"守护紫蝶计划"。在紫斑蝶迁移的路上设置防护网，用网导引它们飞得更高，以飞越来往车辆。紫蝶迁移期间，车辆限速 60 公里，当紫斑蝶迁移数量达每分钟 500 只以上时，当局立即封闭 3 号高速公路 251K 至 254K 之间北上路段的外侧车道。近年在"蝶道"上栽种 1600 株乔木及灌木，通过植物来引领紫蝶安全地穿越高速公路。这些措施有效地保护了紫蝶，紫斑蝶飞越公路的致死率由 3% 降至 3‰。

在蝶道与高速公路重叠地段，义工们打出"车开慢一点！""蝶出没注意！"的警示牌，为了留存住这一世界级蝴蝶迁徙奇观，他们不遗余力。

在云林县成功小学，蝶舞时分，小朋友们会一边拍手，一边唱："小紫点一边，圆翅两边点，斯氏有三点，端紫乱乱点。"这些孩子们不是做游戏，而是在老师的带领下，唱口诀，认识紫斑蝶。学校校长蔡正龙说："五年前投入生态保育（护）工作，每年举办研习与培训营，为了让小朋友顺利认识紫斑蝶家族主要的四个成员，才编了这歌诀。具体地说，小紫斑蝶只有前翅腹面一边有一白斑点，圆翅紫斑蝶在前翅腹、背两边都有一白斑点，斯氏紫斑蝶在前翅腹面有三白斑点，端紫斑蝶在前翅腹、背则有很多白斑点。"

　　守护紫斑蝶，从大人到孩子，都捧出一颗爱心。蝶是飞舞的精灵，而人们的爱，给予"精灵之舞"最美丽的呵护。

盆中的柿子树

柿子树终将突破狭小的土盆，在冷硬的水泥地上，日渐枯萎，于寂寞深浓处，走完自己一生的路。而他，在小盆空寂之后，再也走不出今生的乡愁，手里紧握的是剪了票根的单程车票。在这趟单程旅行中，乡愁是唯一的旅伴。

柿子树属高大乔木，根深桠粗，叶大果累，春来落花满地，秋临叶落果红。而他却把柿子树种在花盆中，搁在窗台，袅袅婷婷一株温婉的盆景。许是思乡太甚之故吧，否则，怎么会冒出"把乔木当盆景养"这一天才的创意？

离土离乡，最难熬一个人的日子，像无根的浮萍，漂啊漂，不知漂向何处。心如旷野，风吹荒草疾生，怎一个"乱"字了得？他乡明月光，满地思念霜。若问是何故？心寄夜故乡。心潮起伏难成眠，人如霜，夜夜如是。苦思最累人，心疲身亦倦。在他乡，他病倒了，求百医，问千药，无济于事。

父亲从乡里来，带给他几个粘有新土的红薯，他也不洗，和着故乡的泥土，啃嚼起来，如食甘饴。还是故乡的泥土香，还是家里的红薯甜，香甜过后，四体通爽，百病全消。

怕是思乡病缠，难怪世上无药可医，无医可治，一把故乡的泥土解百愁。土是游子的根，沾了故乡的土，才圆了故乡的梦。

再回故乡，溜到落满儿时足迹的高大柿子树下，挖一株新苗，栽在盆中，仿佛把整个故乡移到一方小钵里，虔诚、谨慎、一丝不苟。那是世界上最庄严的仪式。

吸吮城市的阳光雨露，盆中的柿子树一点点生发，消解主人浓重的乡愁。真的能解他的乡愁吗？肯定不能，参天大树岂能容身方寸小盆中？这也许正是寄身于水泥森林中的城里人最为心酸的哀愁吧。

柿子树终将突破狭小的土盆，在冷硬的水泥地上，日渐枯萎，于寂寞深浓处，走完自己一生的路。而他，在小盆空寂之后，再也走不出今生的乡愁，手里紧握的是剪了票根的单程车票。在这趟单程旅行中，乡愁是唯一的旅伴。没有了盆中的柿子树，他只好在心中栽一颗硕大的柿子树，俯看白花落地，仰看秋柿挂枝头，左右横睐飘逸的落叶。

他是谁呢？也许就是你，就是我。

那一颗盆中的柿子树是你我今生饮不尽的乡愁，看一眼，就醉在故乡温暖的怀里，恨不得一辈子都不要醒来，沉沉地，醉他一万年。

夏日里的冰

现在看来，夏日里的冰，冰爽更多只停留在广告语里。冰箱冰柜里掏出来的冰，冰力多少有些过头了。加上食无节制，冰爽，成了『冰伤』。夏日里的冰，爱之即伤，远之即恋，实为无奈。

没有冰的夏日，缺少趣味，苍白得不可理喻。

在没有冰箱没有电的童年，夏日也能吃到冰凉的西瓜和绿豆。冰源，取自村西头那口深达数米的老井。夏日井水之冰，用我们老家的土话来说，是"很戗人的"——意思是能凉得人受伤。炎炎夏日，从瓜地里摘回一个大西瓜，放在装满新井水的吊桶里，贮上一时半会，再取出来，切开，鲜红水润的瓜瓤，咬一口，冰爽怡人。若是在大樟树底下吃，呼呼夏风吹来，能激出快慰的凉颤来。

绿豆是消暑良品，绿豆汤盛好，让其在井水里漂，不消半个时辰，取出来喝，那阵阵沁凉，由口入胃，及至全身，凉快更爽快！

　　儿时的村庄，也有走贩来卖冰棒。一个樟木箱放在老式自行车后座，内壁塞满过冬棉袄，一层又一层，严严实实包裹着清水或绿豆冰。一排排的冰紧挨着，如一窝吃奶的乳猪，整整齐齐，煞是可爱。顶喜欢踮起脚来瞅箱子里的冰棒了，可惜，走贩不容许开箱太久，否则，化了，就卖不动了。那时的冰棒，清水的两分钱，绿豆的五分钱。哪怕是清水冰棒，也有纯正的甜味，放糖而不是糖精。绿豆冰味儿也纯美，那浓香缠绕味蕾，仿佛吃的是一杯凝固的绿豆汤。不像现在，一支雪糕里竟含有 19 种食品添加剂，味道假，想来每个毛孔都竖起针尖样的汗毛。

　　能买上一根冰棒，那实在是奢侈的事。所以，吃完一根棒冰，那冰纸是舍不得丢的，晾干，摊平，再怀着十分得意的心情夹在课本里。那串冰棒的棍子更是宝中之宝了。若是集齐了 20 根，就可以到走贩那里换一根棒吃了。用现在的理念来套，能吃上 20 根，算是资深老顾客，理当给予回报。其实不然，这 20 根棍子，走贩洗净，送到冰厂里，卖钱，或换冰棒。

　　时至今日，所谓的冰棒之称谓已消失殆尽了，冰柜里满是雪糕和冰激凌。那些木勺、木棍和包装纸（杯），随手丢弃。夏日城市的街面，很大的一个特色就是满地都是冰纸。韩国电影《八月照相馆》里有一个细节，让我很敬仰。经营一家小照相馆的青年余永元第一次约女交警金德琳见面，两人各执一根冰棍，打开包装纸，一边吃一边笑谈，两个人都将撕开后冰纸抓在手里……这一清凉细节，让我感受到他们感情的纯粹，更感受到夏日里的冰清玉洁。

现在看来，夏日的冰，冰爽更多只停留在广告语里。冰箱冰柜里掏出来的冰，冰力多少有些过头了。加上食无节制，冰爽成"冰伤"。夏日里的冰，爱之即伤，远之即恋，实为无奈。

还是喜欢儿时乡下的井水，冰得温和而滋味绵长，间或来根冰棒，力道足够味。如今，夏日里的冰，着实有些过了。俗话说得好，过犹不及啊。

吃在瑞金

品咂一口，所有神经为之惊颤，人便一径地飞旋起来，直到万米高空，然后速降，一番味觉的疯狂刺激之后，便久久沉浸在那美味里。

去了一趟赣南瑞金。

红都瑞金的确有拉留男人心的奇妙之处。旁的不说，单单那口写入小学课本的"红井"，就是无数男人孜孜以求的圣地。当年，为方便当地军民饮水，中华苏维埃共和国临时中央政府主席毛泽东带领政府工作人员和百姓一道，开凿了一口水井。汩汩冒涌的井水，以清甜滋味润泽了这片红土地上为了信仰而奋斗的军民。

我用一个系了红丝带的小竹筒舀起一汪清冽的井水来，抿吸一口，丝丝清甜，由口入胃入心。通心爽。无法言喻的好滋味。有人倾心于"红井"水的清甜，更多人在乎助官运亨通。吃水不忘挖井人，此水有真味啊。

　　拉拢游客，用山水饱其眼，用美食饱其胃，用快乐和信仰饱其心，能做到这几样，那么旅游区无往而不胜，只须坐等来客，堆金积银就是了。瑞金的山水自然、老村古韵和红色经典，好自不必说，大处有其宏，细处有其妙。更让人惊艳的是，瑞金的美食竟也山花一样惹人喜爱。

　　留住男人的心，要打"饱胃战"。这不仅仅是说与女人听的，更是一大奇妙法则。吃在瑞金，别有一番风味。在瑞金，所有能进口入胃的东西，都叫"吃"。一个"吃"字，横扫其他动词，称王称霸。什么饮呀，吸呀，喝呀，品呀，抿呀，抽呀，统统靠边啊，一个"吃"字全搞定。这么看来，"吃"在瑞金，那是相当吃香的。

　　瑞金水好，好吃的配上好水，清澈甜润，万般滋味在味蕾间百转千回，余味悠然。好水煲靓汤。瑞金最佳美食，非牛肉汤莫属了。同行的作家朋友小旺，儿时做过牧童，与牛的感情非同一般。席间，服务员端上一钵汤来，不禁心动，忙举勺，见里面有肉，随口问一声："汤里面是什么肉？"在座的瑞金朋友说："牛肉汤。"这位仁兄，立马放下勺子，面带怜惜之色，拒食。他说："对牛太有感情了，下不了勺。小时候，水牛老死，村民都不吃的，埋在土里面，神一样敬拜。"瑞金的朋友劝道："这是小青牛，专门养来吃的，菜牛，跟你小时候放的水牛是两码事。"他还在坚持。只转一圈，陶钵里的汤就所剩无几了。再不出手，就空余陶钵一个了。他试舀了一小碗，吃了几口，没听他说好与不好。只是，以后聚餐，只要上了牛肉汤，他肯定第一个举勺，也喝得最多。

瑞金牛肉汤，爽滑鲜润，好喝岂止是一点？

鱼丸汤也是这样，端上桌，三转两转就转没了。你想知道怎么来的？"红都鱼丸汤"源自清水活鱼，包揉成团，放进陶钵里漂浸在红都好水中，文火慢炖，起锅时上油加青菜和佐料，就这么来的，简单至极。你还想知道怎么没的？一句话：味道好极了。

还有一种叫芋子汤圆，以芋头做底子，又兼具汤圆的嫩滑面子和朴实的质感，实在妙趣横生，余味悠长。这些靓汤皆入"江西名小吃"，好吃已不是我一人所言，有公认的。

一碗好汤足以留客。更不消说，其他众多由口入心的瑞金美食。顶喜欢瑞金米果，一种风味奇异的客家小吃。大米磨成粉，再加上剁成泥的韭菜、芭蕉等素料，捋成圆圆的长条，蒸熟，或浓青或淡黄，柔嫩香醇，寻常味道，却在心里落下久久弥之不散的遗情。还有一种，我说出名儿来的，当地朋友说，叫油其子（音），是瑞金特色的客家风味甜点。外皮入口爽脆，咬到内里那绵糯的甜，真要腻歪了牙，正要恼时，奇异的浓香漫在口腔，顿时滋生天下美味一概敌不过此的感叹来。

还有酸脆的豇豆角、生姜片、萝卜皮……典型的客家风味小吃，可佐酒，能下饭，上得去五星级大酒店，入得了寻常百姓家。出了瑞金，离开赣南，想吃到那个味，就难了。

和山水自然、红色经典一样，味蕾上的瑞金，亦是美不胜收。品咂一口，所有神经为之惊颤，人便一径地飞旋起来，直到万米高空，然后速降，一番味觉的疯狂刺激之后，便久久沉浸在那美味里。

舌尖的喜乐，由喉滑入胃，久久留驻心间。贪恋起瑞金那无垠的美好来，不思归，只图乐。

上天开出的休假条

感冒来临，不用急慌，也不必敏感，请记住：这只是上天开出的一张休假单，好好休息，睡个好觉，一来有助于增强免疫力，二来有利于症状消失。一好百好。

　　春天里，乍暖还寒，天气像孩儿脸，变化快。遇一场冷冷的春雨，或一个急急的倒春寒，人跟不上变天的节奏，感冒就不请自来。

　　感冒事小，却很折磨人，那种不适感，委实难受，让人寝食难安。也有人小事看大，感冒一来，慌神乱心，急急然打针吃药，上网查看治疗良方。一两天没见好转，就要住院挂瓶，疼惜身子，不遗余力。感冒来了，没办法停下手上的工作，忙呀忙，忙得无暇顾及自己的身子。过分紧张固然不好，因忙全然不理也不是个良方。

　　引发感冒的元凶无外乎两个：病毒和细菌，且病毒占了九成以上。一位医生朋友对我说："感冒不必吃药打针，多喝水，多休息，一个礼拜都会自愈。"且听端详了，是自愈，不是治愈。如果说世上还有"不治之症"的话，那么给感冒冠上这个头衔是最恰当不过的了。医学上有一个专门的名词，叫"自限性疾病"，也即病症自身有一个限度，跨过了这个槛，则不治自愈。感冒就是这样，如果没有细菌介入，病毒折腾人也就七天左右。在此期间，吃药打针只是缓解部分症状，并不能缩短病程。

对于感冒，无为而治，是为大治。五大病毒变异快，人类无法掌握病毒变异的方向，此刻能制伏 N 种，下一刻，它就变异生成出第 N+1 种来。永远跟不上它的步伐。索性不跟，反正一周左右，病毒也会自行退出舞台，如果它们还有恋战情绪，人类的免疫系统也不会答应，会无情地将之驱逐出境。

大文学家曹雪芹，针对伤风感冒的治疗，有自己的独到见解。他在《红楼梦》中，借太医之口说："清清静静地饿几顿就好了。"治感冒，采用饥饿疗法！而与之形成鲜明对比的是美国医生，他们认为感冒不用治，只要加强营养就好了，比如喝鸡汤。

不管是饥饿疗法，还是鸡汤疗法，犯了感冒，举世公认的一条就是：休息。感冒来袭，躺在床上睡个好觉，比吃什么药都好。据一项医学研究表明，睡眠的时候，人体的免疫细胞能制造出一种名为"胞壁酸"的物质。这种特殊物质不仅可以促进人体睡眠，还能够增强人体的免疫功能，对抵御感冒大有益处。

药，只是在感冒外围起有限的作用，而关键一点，是看体内的免疫作用。所以呀，我说感冒不是病，是上天开给我们的一张休假条。甚至可以这样推广开去——病不是病，是上帝以不适之感对疲累的身体发出的警示，是对我们身体的善意提醒。

美国科普作家吉尼弗尔·爱克曼在他的趣味专著《阿嚏！平凡感冒的不凡生涯》一书中提出，若要完全避免感冒，只有做隐士，不与任何人接触。其实，病毒和细菌无所不在，完全避免感冒，怎么可能呢？他还说，人的幸福快感，在一定程度上可以抵御感冒。这一点，我深信不疑。2007 年，我糟糕透顶了，压根谈不上幸福感，仲春一场感冒，带来咽喉炎，却像场秋雨淅沥了两个多月。尤其难忘的是，那场异常漫长的另类感冒，睡不安、吃不香，哪怕加上一点爱来帮衬，也无助于好转。

感冒来临，不用急慌，也不必敏感，请记住：这只是上天开出的一张休假单，好好休息，睡个好觉，一来有助于增强免疫力，二来有利于症状消失。一好百好。

现代人太忙了，老顾不上休息，但如果上天以感冒的名义开了一张休假条之后，请一定记得要休息，好好休息！

安寝一宵

是追求之马在物质之野跑得太远，是斗争之心在复杂人际纠结太紧，是欲望之门在五彩刺激中困缚太久……世界简单，人太复杂。复杂的人心，在掌握世界的冲动与行动中，渐渐失去了平和、宽容和淡然。心不平，安能睡妥？

崔永元忧郁的时候，我还浅薄地认为是名人矫揉造作。真没想到所谓的心理障碍，会离我如此之近。那一次，陪一亲人去精神病院，心里骇得直打晃，不停地向天发问："怎么会这样？"心理医生除了开一些抗忧郁和焦虑的药物之外，还给出了自我调节的方子："改善睡眠，增加运动和扩大社交。"

睡觉，摆在了第一位。

医生不经询问就知道，来院的咨客都"难寝一宵"。人人都知道"千事万事，吃是大事"。不吃东西，会饿死人。殊不知，睡事也不小。睡不好，乱了心，会搅乱生活的一切。记得很早的时候看过一则趣味资讯，人如果长时间不睡，先是幻听幻觉缠身，接着疯疯癫狂，最终将痛苦地死去。我想"上帝令其死亡，必先使其疯狂"的说法，定是从不能睡觉套作出来的命题。

网上曾广为流传一组熟睡的照片，卧姿百态，酣然沉睡。好心的网友给这组照片取了一个很人性化的标题——嘘，小声点，别吵醒了他。电脑前，失眠者凝视这些憨态可掬的睡客，从眼到心无不为之——用流行的话来说就是"羡慕妒忌恨"。这些人沉醉在婴儿般香甜的睡梦中，细看他们有一个共同特点：衣着破旧，为人粗陋。不难看出，他们活在社会底层，活得艰难，却拥有最优质的睡眠。没有华丽的寝宫，随时随地，他们都能倒地而眠。

是什么时候，我们不再一夜好睡呢？从什么时节起，婴儿般的睡眠成了遥远的星月童话？失眠光顾的时候，生活水平再高，生活条件再好，都被一支无情的笔，在浓密的长夜，画上一个大大的红叉。生活质量随之大打折扣。

泛滥于现代都市的失眠，压力是其滥觞。自感压力巨大的人，躺下床去，闭上眼睛，心意明了，睡意全消。开始数绵羊，一只一只雪白的绵羊在心的围栏过去了，一直数到成千上万，而且还分出了公母，可绵羊没能带来美梦。晚上睡不着，白天没精打采，瞌睡虫缠身，哈欠连连。一夜一夜饱受失眠的困扰和折磨，这日子就越过越没有信心，没有味道。人不疯癫才怪呢？

是追求之马在物质之野跑得太远，是斗争之心在复杂人际纠结太紧，是欲望之门在五彩刺激中困缚太久……世界简单，人太复杂。复杂的人心，在掌握世界的冲动与行动中，渐渐失去了平和、宽容和淡然。心不平，安能睡妥？

睡，是小死。不能小死，何来大生？

一颗心，什么都想抓住，人哪能"死"得彻底，"死"得干脆呢？不能小死的人，必将大病缠身。身病还好医，心病就难治了。人一病，喜欢求助于药物。安神的、镇定的、安眠的……经药催化，快速入眠了，依赖也缠上了。离了药，痛苦莫名，出离生活的美好。

明人胡文焕曰："服药千朝，不如独宿一宵。"好好睡一觉，胜似吃药千副。失眠症的获得，除非先天而来，依我看都是心野心乱之故。把心收一收，把欲望放一放，把追求缓一缓，好睡眠，香甜梦，自会不请自来。一切都放下，一颗心才会轻松，哪怕"瘦尽灯花又一宵"，亦是美梦伴良宵。

心放下，梦没来，不妨练练技术层面的助眠之功：比如早睡，晚10点上床，最晚不超过12点；比如躺下之后，不再思想，调匀呼吸，静息养神，睡心再睡身；比如定时起床，绝不赖床，不贪回笼觉；比如换个舒适的枕……

安寝一宵，是人生最浅的幸福，亦是幸福的最高境界。

怕秋山

人的友善，山的包容，将我内心对秋山的怕，驱散逐远。

　　假日里，和几个朋友爬山。山是望之弥高的山，秋是天高气清的秋。同行的人多半还不熟，怕应付不来这样的场面，心怯得慌。好在南昌的两个旧友前来助阵，气势上来了，怕也减弱了一些。

　　说到爬山，心里是怕的。也曾喜山，却生生被怕盖了过去。

　　我出生的地方属典型的江南丘陵，有水有田有埂，有树有林有坡，独独没有山。小时候，站在村东河塘边上的缓坡，极目远望，有棱有角的环形山硬撑起天之边。那时候，我相信"天圆地四方"，是地之角的山把远处的天给顶起来，就像柱子高举着横梁。跟父亲去村外稻田，四下里秋野寂静，空气里流溢着收获之后的清香味，抬头远眺，跟村里所见相似，极目之处尽是山。我们远远地被山环绕。

我问父亲：“那些山离我们有多远？”

父亲说：“很远。”

远方是一种诱惑。没来由地，就喜欢那远山。

到县城上学，才知道儿时的远山就在眼前。临窗而望，山上的树石和山下的人家，晴空下历历明了。高一时，老师带我们爬秋山，喜滋滋、甜润润，乐得忘形。后来，不期然遇上初恋，带女朋友再去爬山，满山绿意皆情语，心欢得花枝乱颤。

一次回家，女友借她的双肩包给我用，不期然在她包里掏出一张字纸来，是她的笔迹。有一句如刀一般在挖心：“我是山的女儿，你是海的儿子……”我没见过海，哪称得上“海的儿子”，显然是写给别人的。她是山的女儿，难怪喜欢爬山。因为站在山上，可以想念她的海，以及海边的他。包还给了她，人就彻底疏远了。喜山之感，生生被青春之伤冲淡。

还有一次惊险的。

高三紧张的复习，压得人心慌，一天下午几个同学相约去爬山，舒展筋骨，缓解压力。原打算沿佛岭水库环游，从泵站出发，绕一圈再回起点。谁知进山后不久就迷山了。渴了，俯身用嘴吸那漂满枯叶的山泉，累得不行，也不敢停下，怕天黑还走不出山，麻烦就大了。出得山来，天色已晚，赶到学校，已错过晚自习。回想一路有惊无险，骇得不住地打冷颤。

至此，秋山之感，由喜彻底转化成怕了。

而今，还是在老家，还是爬秋天野山，教我如何不害怕？这座名叫金峰岭的山是全县最高峰。名字独具江南韵味。在丘陵地带，山再高，断不敢称峰的，哪怕顶着峰名，也要加上一个岭字，把气势扯平顺些。

目标是登顶。一行人站在山脚，说说笑笑，冲淡了山之寂静。一眼望去，低山矮岭，哪有什么为难，信心满满。及至上来第一座山，那恼人的芭茅横在路上，用手支不得，用衣挡不得，实在是拿它没办法。好在当地山民应约在我们之前已在山道各处，用柴刀砍剁杂乱丛生的枝叶。爬山之难，不在山之高峻，有时，往往就是山道的小牵绊。就像人生，折磨人的不是多大的苦难，而是一些小烦恼。

秋露泠泠，满山满野如铺了薄薄一层蜜汁，山路腻滑，道中传来哎哟哎哟的叫唤，定是有人手撑地，作原始爬行。上山滑跤还没什么，大不了牺牲一下双手，那下山怎么办？连滚带爬可是要出人命的。不禁怕得慌！真切体会到"上山容易下山难"的古训了。

开始还分辨得清是上了这山，再爬那一座，一山更比一山高。再后来，山连着山，山缠着山，山山相依，难于分辨。脚越来越沉重，衬得山越来越高，感觉永远也抵达不了顶峰。埋怨如山里茅草一般密集起来——何时才能到顶啊。一队人渐行渐稀，头尾相距甚远。实在撑不住的，就坐在地上，说原地等我们，下山一起回。个个累得直喘粗气，好像只有呼气，感觉脚不再是自己的脚，是铅铁。我想，脚都失去了知觉，如何下山啊？仍没放弃，朝着有人声的高处，坚定且吃力地登攀。

终于站在顶峰，放眼下望，田如棋盘，草垛如棋子，水库明晃晃一面小镜似的，映出太阳的笑脸。所有的担心和惧怕皆如秋阳升高后的雾与露，消散得无影无踪。熟悉的、半生不熟的甚至完全陌生的朋友，都笑脸相迎，在照相机前站成一片迷人的风景。欢笑和喜悦把一座山浇得沸腾起来。

同行的朋友扯出王安石的典故来。荆公先生重回故里上池村，登临金峰岭，欣然写下千古佳句："数群归鸟望中明，重叠青山晚更晴。松叶晚风陪客语，夕阳再照蛔蛔鸣……"仁宗皇佑二年庚寅（1050 年），王安石看望隐居金峰岭的叔父王质之，感慨万千，赋诗《再宿金峰》："十年再宿金峰下，身世飘然岂自知。山谷有灵应笑我，纷纷南北欲何为。"金峰岭，这座不是旅游景点的野山，因了王安石的诗句，平添一抹浓重的人文气息。

总觉去时漫长归时快。仿佛一瞬间，就从金峰岭最高处，轻盈如飞一般，噔噔噔噔地长奔下来。站在山脚下的荒草堆里，回望明艳秋阳之下的金峰岭，我满心欢悦。

　　我是怕秋山的，因为人之鬼魅，还因为山之庞杂。而今，喜秋山，还是因为人和山，人是快慰的、欣喜的，细水长流，而山不曾因为露滑和高峻，给我伤害和使我惊悸。

　　人的友善，山的包容，将我内心的对秋山的怕，驱散逐远。

雪山之谜

功败垂成，问题往往出在，只盯着远方的目标，却忽视脚下的路。

　　孩子们学会捕食后，桑桑就将它们驱赶到了远方，独自留在故乡安博塞利湖畔。

　　草青了又黄，黄了又青，桑桑步入了高龄，追风的速度已成遥远的童话。躲在树荫下睡个安稳觉，有时都成了一种奢侈，白头鱼鹰常不怀好意地在头顶盘旋。

　　时光和草原不老，桑桑老了。但它不服老，见到麋鹿，还是拼尽全力追逐，到头来，只落得一身疲累，半根毛都没捞到。它很久都没进食，饥饿难耐。

　　这天，桑桑双眼半睁半合，只见白头鱼鹰一个俯冲，直插下来，贴近地面时，猛啄一条鬣狗，然后又飞升而去。鬣狗痛苦地尖叫，还没缓过神来，又被啄刺到了，为了逃命，慌不择路，躲进草木深处。

鬣狗从视线里消失了，白头鱼鹰飞走了。

桑桑觉得饱食一顿的机会来了，蹑足潜踪，朝鬣狗走去。机敏的鬣狗发现后，忍痛逃离。一个逃，一个追，它们逐渐远离温暖的安博塞利湖畔，爬上了乞力马扎罗雪山。

山上风寒，桑桑全然不觉，想到马上能吃上鬣狗肉，心里还是暖暖的。到达西高峰，鬣狗趴下了，看来，它彻底不行了。桑桑满以为可以吃肉了，紧盯着鬣狗，也没看脚下的路，直冲过去，不料，从一处高崖摔下去……

多年后，一个名叫海明威的作家在他的小说《乞力马扎罗的雪》里说："乞力马扎罗是非洲最高的一座山，海拔 19710 英尺，长年积雪。山的西高峰有一具已经风干冻僵的豹子的尸体。豹子到这样高寒的地方来寻找什么，没有人作过解释。"

桑桑就是这只豹子。

它用自己的生命告诫每一位到访的登山者——功败垂成，问题往往出在，只盯着远方的目标，却忽视脚下的路。

一只鸳鸯飞走了

> 一个人的夜里，他还是原谅了她，打心里不怪她，只怨生活的这个地方。

人们都说，鸳鸯成双成对，至死都与爱人双宿双飞，是忠诚的化身。

孰料，一只鸳鸯飞走了……

这本是一只多情重情的鸳鸯。她与自己的伴侣爱到艰难不撒手，爱到深处无怨尤。曾经，她与爱人牵手相恋，遭受到家人的反对，邻居的耻笑……万般无奈，逃离故乡鸳鸯湖，为爱私奔。飞了多少路，她不知道。这一路吃了多少苦，受了多少累，她毫不在乎。因为心中有爱，就有一切。

她与爱人站在全新的树枝上，相依相偎，对着月亮发誓："至死不渝。"肌肤相亲处，立即引发爱的震颤，传来电的感觉。

嘴甜的八哥猛追，她毫不心动；执着的麻雀狂放电，她坚决拒绝；多情的画眉大唱情歌，她抱以蔑笑；温柔的百灵送来钻石，她抵制着……任你东南西北风，坚守底线，岿然不动。

她与爱人再度迁徙。一路上，爱人对她说："我爱你比永远还多一天！"

而终于有一天，这只多情的鸳鸯独自飞走了，冷酷而决绝。身后，是曾经的爱人连声哀叹，接着是痛苦的悲泣。

一个人的夜里，她还是原谅了他，打心里不怪他，只怨生活的这个地方。

鸳鸯生活的地方，叫城市。

樟香满城
春更深

孩子和母亲的笑把春光都揉搓进来，制成精致礼品，馈赠给风中的香樟树。

　　古诗云：人间四月芳菲尽。人间四月天，桃花谢了，一粒粒青嫩细圆的果子满满地缀在枝头；桐花也谢了，叶绿起来、阔起来了，忙趁夏日未至先把浓荫准备好；就连满天星一样的碎红石榴花，也化身累实的果，骄傲地挂在绿叶间。敢问花期何处有？或许，只有人工植培的玫瑰、月季和睡莲诸种，红的红，白的白，粉嫩无香，勉强打起精神，延续花灿的尾声，陪炫春天最后的疯狂。

　　春深芳菲尽，樟树粉墨登场。先是一片一片的落叶飘下，在大好春光里，造出凄婉秋景来。一场春雨一场暖，阵阵春风樟叶飘，旧叶落尽新叶出，等到片片枯黄硬脆的叶随风四处飘，枝头嫩绿柔软的新叶，在春雨里沙沙吟诗，迎春风哗哗欢唱。歌诗之后，樟花开出不起眼的淡黄粉黄，香也淡淡，却执着得很，星星点点散发开来，由花蕊而出不走样地追风走远。于是，远远近近的人们沐香浴气，享受着难以言说的美妙。

香樟树的香，不仅是树干枝叶间散淡开来的独特气味，亦不是由此提炼而出的樟脑丸的味道，更为地道的，是樟花的醇厚绵密的香气。

一直以为，独特的樟香是樟树蕴含深沉的本源。却不料樟树也开花，花香浓时，春将尽，仿佛是特为躁动的夏而精心谱写的浓烈序曲。

樟树是我生活的城的市树，再普通不过的绿化树种。这里的人们再怎么树盲，也认得河边柳和街头樟。正因寻常，随处可见，难免不会视而不见。每每春深，樟叶飘尽，香溢满城，总被我误认为是他花别树所赐。

暮春的一天，走在香韵袅袅的街头，一对母子有说有笑走在我的前面，像是春天里的一首小诗。

只听见孩子问："妈妈，我闻到了香味，是什么香呀？"

母亲很肯定地说："是花香嘛！"一看就是如我般迟钝于香味的人。

孩子小手指着香樟树说："我觉得香藏在这树里面。"

妈妈说："怎么可能呢，这是樟树，它的香要提炼成樟脑丸才可能闻到的。"和我当初的想法一模一样！

孩子有些恼了，说："没有其他的花，怎么会是花香呢？不信你抱我闻闻这樟树吧！"

母亲把孩子抱在手上，和孩子一起闻碎小的黄花。母亲像是突然醒悟过来一样，惊叫："真是樟树的花香啦！"

孩子和母亲的笑把春光都揉搓进来，制成精致礼品，馈赠给风中的香樟树。我也把鼻子凑到樟花里嗅，厚实的香在鼻腔里扑腾开来，不由得醉倒在这无尽的清香里。是孩子的发现，让我知道樟花溢满香。

春深春且尽，樟香溢满城。

你知道青菜的味道吗

人们总在努力追求着，苦苦追寻着，却在不断追求中，丢失了自己最初的目标。等到我们想起那时本真的愿望，回味当初的向往，才发现事过境迁人渐老。

有一个农民兄弟这样感慨：我们好不容易吃上了肉，你们城里人又改吃青菜了。国外也有一种流行说法：穷人吃肉，富人吃青菜。居城多年，聚餐时有一个细节让我记忆深刻——在合上点菜单的时候，宾主间总会有人补充一句："来个青菜吧，最好是带叶子的那种。"

青菜，神奇的青菜，有时声势浩大地在贫富和城乡之间划一道分界线，有时仅仅是一桌菜品中微不足道的小配角。不管贫富，也不论城乡，过日子终归是离不开青菜的。

有一次，朋友问我："你知道青菜的味道吗？"第一反应竟是茫然，缓过神来，怀疑他在给我开类似脑筋急转弯的玩笑。我敛起笑容，煞是认真地戏谑道："青菜的味道？不就是青菜味道嘛！"

朋友却一脸认真地说："我刚刚从成都回来。川菜久负盛名，那些日子我算是真正领略到了。印象最深的不是大鱼大肉，麻辣水煮，而是一家并不起眼的小馆子里的青菜。那家餐馆名字也很有意思，叫'青菜人家'，土得掉渣，像个裹着头巾羞涩的村姑。进得店来，迎面一张屏风写了一句——'你知道青菜的味道吗？'"

我等不急，反问道："那你知道青菜的味道吗？"

朋友说："从那家店里出来，就知道了。'青菜人家'有一道水煮青菜，不加任何佐料，在滚水里过一遍，就端上桌。吃起来，那才是真正的青菜味道。那味道其实很平淡，有些涩口，带点草香，下肚后有回甘，就像割草机修剪过草坪之后，空气里流淌的那味儿了。"

我说："不稀奇，国外有人吃青菜都不用在开水里过一遍，生吃。那才是叫原味呢。"

朋友说："你说得不对，他们吃生的青菜，都要醮五花八门的作料呢。"

蓦然间，我想起小时候吃的青菜来。那时，家里做饭用大木甑蒸，饭熟了，母亲会将洗净的青菜——印象中空心菜占多数，放进蒸过饭的滚水一焯，洒上一小勺盐，就直接下饭。儿时吃的青菜，没有酱醋等诸般纠缠，没有经烈火锅油炙烤，不走偏，不失真，吃进嘴里，是青菜的原味。只有吃过这样的青菜，才有资格回答"青菜是什么味道"这一并不复杂的问题。可是，红尘中的你我，有几人吃过这样清淡寡味的青菜呢？

多年来，我们盘中和嘴里的青菜，都被旺火开发过，被油盐酱醋浸润过，其味都被各种杂味抢了风头，遮盖了去，真味反而模糊起来，记不清晰了。

青菜味道，恰如人生万般滋味，缠绕在味蕾上的是理不清道不明的枝枝蔓蔓，原味和真味，往何处寻觅呢？

人生之初，我们如吃寡淡的原味青菜。当然，谁也不愿意长久地这样淡下去，所以，不断地树立自己远大的人生目标，苦苦奋斗，孜孜以求。等梦想实现了，就如我们吃那被各种调料包围的青菜，原味道于种种干扰中，模糊了，失偏了。正所谓人生百味。老之将至，万事放下，心头了无挂碍，经过百般滋味的历练，终究回归至原味，就像我那朋友从"青菜人家"那里所尝到的原味青菜，就像我儿时吃的那滚水里焯一遍的青菜。

青菜的味道，从另一角度看，是微缩的百味人生。

人们总在努力追求着，苦苦追寻着，却在不断追求中，丢失了自己最初的目标。等到我们想起那时本真的愿望，回味当初的向往，才发现事过境迁人渐老。走在人生道路上，走着走着，不知不觉把自己走丢了，迷失在诱惑、欲望、惊喜、烦恼、痛苦和悔恨等杂陈的人生滋味中。老子曰："大音希声，大象无形。"我想补充一句：大味至淡。

"你知道青菜的味道吗？"一语惊心，不由得在内心自问——你知道成长的味道吗？你知道读书的味道吗？你知道爱的味道吗？你知道……

味道的迷失，似乎存在于人生的每一时、每一处。处在迷失的当头，各种本真的原味对我们来说，有时竟是那么奢侈。

第六辑

江南美 晚风拂柳笛声残

少年送别在门口，随性的草图一般三笔两笔不屑于写尽离愁别绪，毕竟时光一大把，重逢机会多；壮年送别在月台，远方的诱惑远甚于离别的伤情，汽笛声中的握手拥抱，浓笑依然挂在脸上，那是写意的抒怀，哪有功夫去理会别后的相思苦；中年送别在墓地，亲友先走一步，分别一次，沧桑岁月叠在心头苦涩的老茧就厚了一层。这时节的离别，带着哭声和泪水，也会感慨不知何时自己也会如此这般被人送走；老年送别在床上，无奈地望着亲友，眼看距离越来越远，中间是生与死的空寂与阔远。

人生三道茶

三道人生茶，道道有真味。

莫叹人走茶凉，也莫悲茶尽杯空，茶暖茶凉，茶盈茶空，都是人生味。浮生若茶分三味，有苦有甜也有回味，此时的苦，不必悲叹，自己的甜，也不必自骄，诸般滋味都会化成一道浓香而漫长的回忆。记忆长着翅膀，会带我们在万般滋味里，自由自在地飞翔。

在云南旅游，置身大理洱源的高原西湖畔，奇异的湖风，吹来阵阵夏日清凉。

好客的白族姑娘给风尘仆仆的我们敬上了三杯茶，茶名各异，味道大不同。第一道：苦茶，用久储过的焦茶泡制，味苦难咽。第二道：甜茶，新茶泡水，加入奶酪、蜂蜜和甘草等，其味鲜甜，爽口润心。第三道：回味茶，上等好茶，掺进八角、桂皮、杏仁和生姜等佐料，滚水煮沸，品一口，五味杂陈，滋味如梦般悠长。

白族姑娘举杯敬茶，声情并茂地说："各位远道而来的朋友，一路辛苦了。请喝一杯苦茶，洗去一路风尘，解乏提神。

到了我们洱源西湖，美景无处不在，请喝我们的第二道甜茶，赏景品茶，旅途一路甘甜，有滋有味。离别西湖，您一定会回味我们这里的风俗民情，那请喝我们第三杯回味茶，茶里凝结了一路好景好心情，回忆里就会带着高原碧湖的茶清香。一苦二甜三回味，三道茶敬献给远道而来的最尊贵的客人。"喝过三道茶，品哑白族姑娘的话，我不禁有些醉意。上船来，游高原西湖，一路漂荡开去，不禁想起茶和人生来，在晃晃悠悠中，思索和沉醉。

浮生若茶，人生也有近似的三道茶。

青年是道苦茶。

苦学本领，增长见识，拓宽视野，苦拼未来，与命运相搏击，奋力铺就人生基石。人生处处是考场，唯青年时期最多最难最关键，也最复杂最凶险最富戏剧性。每一场青年考，都是苦心苦力苦行程。

吃苦是青年的必修课。食不必奢华，充饥暖胃就行；衣无需丽锦，蔽体保暖就好；行不必车马，抵达目的地，安步当车最好。孟子曰："天将降大任于斯人也，必先苦其心志，劳其筋骨，饿其体肤，空乏其身，行拂乱其所为，所以动心忍性，曾益其所不能。"这是对青年寄予的厚望。苦，是上苍馈赠给青年的最好礼物。

良药苦其口，利于病；青年茶苦其味，利于人。苦青年，才有甜未来。

中年是道甜茶。

人之秋，为中年。收获，是中年的关键词。爱情完美，家庭幸福，母慈儿孝，心宽体胖，事业如日中天，实力如鼎矗立。中年是人生的甜筒，品味中年，进口冷滋滋，甜津津，入肚却暖哄哄，甜丝丝，难得一品如饴甘味。中年是一首清甜的歌，旋律如纯白的奶糖，散发香浓的醇味，音符像浓郁的咖啡糖，飘散沧桑的甘味。

人到中年有好福，酣享甘甜，好似在人生甜海里来回畅游。

晚年是道回味茶。

莫道老来万事休，此时风景最迷人。老年，往事历历，青年的苦，中年的甜，都是回忆的佐料。往事经时间风干，老来就着思念下酒，那是深度的迷醉。有道是，老来人更俏。此俏是岁月的屐痕闪着点点金光，光阴的故事动人地诉说。晚年，记忆是雨后深巷里的茉莉花，无处寻花，却于若有若无当中，清香弥漫，无处逃遁。

不经时光浸染，开不出灿烂的人生之花来。俗话说：家有一老，胜过一宝。老的好处在于回首漫漫人生路，不经意间流露出来的人生哲理、生命追问和终极关怀，统统汇成一个深不见底的碧潭，浓缩世间所有的好或者不好，供人资鉴，是人生的至宝。

人生晚年，是时光累积的生命厚度，是人生航程中永不倾覆的指路航标。

　　三道人生茶，道道有真味。莫叹人走茶凉，也莫悲茶尽杯空，茶暖茶凉，茶盈茶虚，都是人生味。浮生若茶分三味，有苦有甜也有回味，此时的苦，不必悲叹，自己的甜，也不必自骄，诸般滋味都会化成一道浓香而漫长的回忆。记忆长着翅膀，会带我们在万般滋味里，自由自在地飞翔。

良言如花

人美话亦美。说好话,还得从人的内在美练起,把自己煅造成一个精神高雅的人,一个心灵质朴的人,一个爱己及人的人,一个具有悲天悯人气质的人。如此一来,说出来的话,才会美丽如花。

前不久,坐火车出游,忽闻车厢广播里传来温柔的女声:"各位旅客请注意,我们工作人员将查验车票去向,请您配合,谢谢。"查车票去向?不就是查逃票吗?换一种说法,让人听上去就是舒服,如喝了滴入蜜汁的冷开水一般。

曾经无数次,一帮乘务员嚷嚷着"查票了!查票了!"很生硬地查验每一个乘客的车票,连上厕所的乘客也一个都不放过。而此次,一语吹出文明优雅之风来。其实,并不是每一个没买票的乘客,都存在逃票的故意,他们也许时间紧,没来得及买,或许票已售罄,但事务压身,不得不碰碰运气,先上车后补票。就算有个别初次逃票者,补上,叫他买个教训,也没必要搞得像警察抓小偷似的。

我深深地记住了这句"查车票去向",记住了言者的高雅姿态、宽广胸怀和一种信任尊重每一名乘客的气度。

俗话说:"良言三冬暖,恶语六月寒。"不是每一个人都有这种姿态、胸襟和气度的。据媒体报道,沈阳某高校在校门口赫然立起一块木牌,上面冷冷地写道:民工不得入内!典型的歧视,伤人自尊啊!这条打击一大片的标语,将给民工兄弟带来多大的心理打击啊!事后,有学生提议,才把这一标志给改了过来:非本区人员不得入内。

口吐莲花,说者优雅温柔,听者舒心惬意;满嘴放箭,言者凶神恶煞,闻者羞惭激愤。一句话,两重天啊。

在我的老家,有一句影响广泛的俚语:"一句话说得人笑,一句话说得人跳。"说话是一门艺术,表达同一个意思,一语让人微笑如花,一语让人暴跳如雷。语言与人的情感、情绪紧密相连,人总喜欢在他人言语里树立自己的情感坐标系,或者用别人的说词营造自己的情绪堡垒。良言让人的情感坐标点落在自信、力量等区域,恶语产生的情绪则足以毁掉一座看似坚不可摧的堡垒。

有人说,医生的良言胜过良药。一个朋友的父亲身患癌症,来省城一家医院治病的时候,主治医生对他说:"老爷子,你有福啊。来我这儿看病的人大都检查出癌症,你只不过是良性肿瘤而已。做完手术,回去多吃点新鲜蔬菜就好了。"手术做完后回到家，朋友的父亲乐呵呵的，谁都看不出他曾是一个癌症患者。每每提到父亲，我的这位朋友总会感叹："医生的良言胜过药啊。你不知道那个黄医师，治好的癌症患者最多，因为他对每个病人都是这么说的。"对此，我深信不疑。

人美话亦美。说好话，还得从人的内在美练起，把自己煅造成一个精神高雅的人，一个心灵质朴的人，一个爱己及人的人，一个具有悲天悯人气质的人。如此一来，说出来的话，才会美丽如花。

愿我们生存的这个世界，良言如花处处绽放。因为，良言是社会和谐的推进剂，是文明进步的阶梯。

上网不知时飞逝

老人风雨百年，沧桑岁月凝结成一句话：不要浪费时间。闻来毫无新鲜之感，却无疑是网络时代、虚拟世界的警世大音。

　　网络是一个黑洞，上得网来，人就深陷其中，两耳不闻网外事，不知不觉时飞逝。

　　一网络聊友，一度沉迷 QQ 聊天。他说："太无聊了，就上 QQ 拼命地查找，疯狂地加陌生人。"以寂寞的名义，他在网上加了 2046 个好友，一水的陌生人、女人。陌路相逢，他想要得到什么呢？他说："无非是所谓的情缘。找个懂你的人，多好。"他没有找到懂他的人，最终，却搞得自己也不懂自己了。加人，聊几句，然后删掉。到最后，加与删，成了他上线后唯一可做的事情。网络上的其他种种，全被这两个动作挤得无处容身了。他说："如果包括那些个拒绝我的网友，应该加了上万个了吧。"一万是什么概念！要查找多少次？要费多少心力多少时间啊！不能说佩服他，至少，让我开了眼界了——网络生存，还有这么一种。2046，对于王家卫是一个诗意的电影名，于他，却只是一个枯燥干瘪、吸尽时光的数字。我想如果将他的那些个女性网络好友在现实中排排坐，足可以坐满一个大剧场。这么多人没有懂他的，只有骂他狠或者不狠的。从寂寞出发，他走进一个死胡同，里面只剩无聊了。一次惊回首，他才发现，三四年的大好时光就这样白白流逝，除了无数烦恼，一无所获。

一远方文友，在他人鼓动之下开了博，展示自己的旧作和新稿。荐稿者从博客上将文章推荐给文摘类书刊，编辑从中选稿编发，还有同道中人发评论，粉丝致溢美之词……博客，不开不知道，一开才晓得好处无数。上网第一件事，就是关注自己的博客，看看有没有新留言新评论，有没有人写纸条加好友，再看看有什么新的访客留下足迹。新作没有了，就粘贴旧文，炒现饭，引网友关注。偶尔也顺着别人的印迹，浏览他人的博客。众多博友可以聚集成一个博客圈……到最后，他才感觉自己的大好光阴，都被博客"圈"去了，圈出一股子的自恋味道。好端端的一个展示平台，生生被自己弄得极其无聊了。

一同城好友打电话给我："你怎么还不'偷菜'玩啊？"我不甚明了，在乡下，偷菜是很可耻的事情，我怎么能这样做呢？她解释说："这是网上的一个农场游戏，可好玩了，你也申请一个玩吧！"直到有一天，我们在一起吃饭，她沮丧着脸，对我说："可倒霉了，上班偷菜，居然被领导发现了，这个月的奖金泡汤了。"我原本想揶揄一句，可想起自己也曾在网上混掉白天混黑夜，一事无成，再想起那两个朋友，只好感叹一句："人一上网，就不知时光飞逝啊！"翻看本城报纸，严禁公务人员在上班期间"偷菜"，居然上了头版头条。老天，有多少寂寞客在网上虚掷光阴、虚度年华啊？

所谓的寂寞，只是因为耐不住寂寞罢。真正能耐得住寂寞的人，是不会寂寞的。寂寞的人仿佛霉变了一般，周身有一股子的阴腐味，很是骇人。耐得住寂寞的人，在最孤苦无奈的时候，也不会霉变，顶多算是锈化了。事过境迁，擦拭净斑斑锈迹，锃亮的金属质地依然闪耀动人的光芒。网络的虚拟，天然地具有寂寞气质。上网时的寂寞是一条漂亮的小花蛇，看似美丽，实则足可吞掉人一生的大好时光。

寂寞是一个无底洞，感觉用什么都无法填平它，就竟相用时光去充塞，搭进身家性命也在所不惜。

80后作家郭敬明代表中央电视台《艺术人生》栏目采访"80后"大家黄永玉老先生："您有什么人生格言送给当下的年轻人？"黄老说："没有什么。就是不要浪费时间，不要浪费时间啊！"老人风雨百年，沧桑岁月凝结成一句话：不要浪费时间。闻来毫无新鲜之感，却无疑是网络时代、虚拟世界的警世大音。

上网不知时飞逝，日落又一天，时逝又一年，年复一年，蹉跎岁月，不光是个人的最大失败，更是社会的莫大悲哀。上中学时，老师教我们人生格言，其中被我刻在书桌的一条是：惜时如金。

——网络时代，该如何吟念这四个惊世大字啊？

晚风拂柳
笛声残

人生就是一场大离别，一次次送别他人，最后被别人送走。

一直记得那个晨曦，露珠在草尖跳跃，清风在四下里飘荡，草丛中不知名的小虫子引颈嘶鸣，寂寥的小县城月台，零星的几个旅客，翘首远方，期待火车早点到来。女孩应该是大一新生，背着一个牛仔双肩包，晨光打在脸上，激起灿烂的笑容。爸爸帮女孩提着一个拉杆箱。旁边应该是同在北京上大学的中学同学，是男孩，粗生粗长的，一个人。妈妈陪在身边，千叮咛万嘱咐，生怕女儿在外受苦。转而对男孩说：你们是同学，你要多照顾她啊！耳朵里灌满了这个母亲絮叨离别之语，我心里直泛酸。从来远行，谁送过我到火车站呀？因为吃醋，所以记住。记住这个离别的清晨，记住父母亲送女儿动人且略带感伤的细节。

开往南昌的火车来了，我一个人先行登上车。那个女孩还在等，母亲愁眉紧锁，对女儿喁喁而语，她却将笑脸对着男孩。广播里传来悠悠的笛声，铁轨两旁杨柳低垂，依依如梦。不由地想起李叔同的《送别》来："长亭外，古道边，芳草碧连天。晚风拂柳笛声残，夕阳山外山。天之涯，地之角，知交半零落；一瓢浊酒尽余欢，今宵别梦寒。"

送别，这个古老而新的命题，伤感了千百年，承续至今，让我顿时感伤如斯。一个人站在车厢过道里，念年少时分别在家门口，父母离家奔忙，我守家；想少年时离别在村口，我去上学，家人在古栎树下静默而立；怀恋与朋友，与同学，与恋人，与故交，与一面之交的朋友，与场面上嘻哈的类似陌路人，与血管中流着相同血的至亲的分离……那一个个别离的场景，在脑海里电影一样，淡入淡出，牵扯出无尽的感怀来。是情的分别，更是心的感念。

顺着古诗文漫溢而出的离情别意，在风雨中浸润了千百年。《诗经·采薇》中那千古名句："昔我往矣，杨柳依依；今我来思，雨雪霏霏。"道尽沧桑离别意，忧伤满胸怀。离别莫在春光里，柳盛风暖，愁绪更浓烈。所以，戴叔伦在《堤上柳》里咏叹："垂柳万条丝，春来织别离。"白居易也感叹道："远芳侵古道，晴翠接荒城。又送王孙去，萋萋满别情。"最伤感的送别，莫过于王维对故交元二的离别感言："劝君更进一杯酒，西出阳关无故人。"是啊，"此地一为别，孤篷万里征"。此一去，就再也见不到朋友了，唯余空茫一片。王昌龄说："洛阳亲友如相问，一片冰心在玉壶。"久别的离情就是月光下那片晶莹的冰心。别后天涯各一方，正如李白所感慨的"浮云游子意，落日故人情"。当然，也可以是王勃推崇的境界——"海内存知己，天涯若比邻。"别后归来，如贺知章所述"儿童相见不想识，笑问客从何处来？"尴尬归尴尬，心情还是爽朗的，步子定是轻盈的。相逢的感觉，远比送别要好，毕竟，欣喜总比伤感强嘛。

有一个朋友信奉这么一个理——无论风雨，我都去接你；但无论如何，我都不去送你。多年以后，我才明白这是一种难得糊涂的妙境。他是阅尽沧桑渐入淡定归从容的主，知道送别是去留双方心的煎熬，而相逢总是那么美好。两相比较，趋利避害，此乃所谓的高人。诗人徐志摩在康桥边吟咏道："悄悄是离别的笙箫"，就让一个人独吞远行的壮阔与孤寂，还是不要去惊扰与自己血液或心灵最亲最近的人吧。

少年送别在门口，随性的草图一般三笔两笔不屑于写尽离愁别绪，毕竟时光一大把，重逢机会多；壮年送别在月台，远方的诱惑远甚于离别的伤情，汽笛声中的握手拥抱，浓笑依然挂在脸上，那是写意的抒怀，哪有工夫去理会别后的相思苦；中年送别在墓地，亲友先走一步，分别一次，沧桑岁月叠在心头，苦涩的老茧就厚了一层。这时节的离别，带着哭声和泪水，也会感慨不知何时自己也会如此这般被人送走；老年送别在床上，无奈地望着亲友，眼看距离越来越远，中间是生与死的空寂与阔远。

晚风拂柳笛声残，身后山外山，亲友或伤悲，人去意阑珊。一次一次伤离别，最终我们还要屹立于茫茫时空中，接受亲友对我们的送别，继而，彻底告别这个世界。

人生就是一场大离别，一次次送别他人，最后被别人送走。

萧萧池塘暮

池塘鲜活了四季，更鲜活在所有子民的记忆里。再找寻如许美丽的池塘，也许只有在梦里吧！岁月在风里萧萧如秋木，池塘在现代的作用下，萧萧至迟暮。

最早知道"池塘"二字为何义，源于一副绝对：烟锁池塘柳。给我出这对子的是我小学五年级的语文老师周先生。那时，我们根本不知道对联怎么对，至今也没搞明白周先生为什么要给我们这帮十几岁的小毛孩出这么一副千百年来无人能对的绝联。只记得，当时我疑惑不解地问："老师，什么是池塘？"这一问话让他大失所望，惊诧如电一般在他脸上一闪而过。

周先生解释说："池塘就是塘。"

在老家陈坊，池塘都叫塘，每一口塘都有一个朗朗上口的名字：锅底塘、门口塘、养鱼塘、莲花塘、青山塘……它就像是村里人共有的孩子，每一次对塘的声声唤，经风吹都能传到

塘的耳朵里。水草轻摇、青蛙鸣叫、蜻蜓风舞、燕子贴水、波
光荡漾，都是池塘的应答。

和故乡的其他风物一样，池塘是极通人性的，岁岁年年见
证着村人的喜忧。

"池塘生春草，园柳变鸣禽。"一阵春风暖，池塘岸边各色
水草倒挂而长，一根根亲水而去，犹如一串串青翠玉润的珠帘，
将蓄满春水的池塘装饰得如梦如幻。蓄积了一冬的力气，妇女
们挽起衣袖，在抽枝长叶的青柳下，浣纱洗衣。池塘中央，开
始脱冬毛的水鸭在和煦的阳光下畅游，不时地"呱呱"乱叫。
水面平整如镜，鸭游而过，层层涟漪，且急且隐。鸭声在池塘
上空回荡，远处聆听，像是柳树深处发出来似的，訇訇然，如
乐一般美妙。"春江水暖鸭先知"，那一声声呱啼，应是报春的
讯息吧！

最热闹的要数夜里，无数青蛙齐鸣，叫醒暗夜，那是临产
前的阵痛，更是即将身为父母的人的幸福欢唱。青蛙鸣春，是
江南池塘不朽的胜景。古人对蛙鸣的感觉甚切，于蛙鸣声更幽
的氛围之中，品尝到生命逝去的滋味。"黄梅时节家家雨，青
草池塘处处蛙。有约不来过夜半，闲敲棋子落灯花。"那一塘
的蛙鸣，成了夜半唯一的客伴，而生命像灯花一样，在寂静的
夜里悄然逝去。

夏日池塘是孩子们的世界。太阳还在半山腰就有小孩在水
底钻来钻去。在岸上一个猛扎，把静静的池塘溅起灿烂的水

花，小孩排成队列，挨个儿跳水，珠圆白嫩的颗颗水滴飞入浓密的柳荫里，打得青叶脆响，像是一场急雨，欢欢喜喜地由池塘升起，旋即落回水中。孩子们玩水玩腻了，就在厚厚的泥层里摸螺蛳，在水草里抓鱼，夜幕降临，用旧衣服一裹，满载而归。

农人在月满中天时分，才收工钻入池塘，洗去一身的尘与汗，洗去一天的疲劳。人在水里，话农桑天气，是再惬意不过的事了。

池塘在一拨又一拨人的折腾下，泥沙翻涌，浑黄浊黑，经过一夜的沉淀，一早又澄澈清洌，一眼看得见水里的游鱼，厚软的肥泥，以及泥上的走蚌和挪动的螺蛳。池塘静默、博大，容纳故乡人身上所有的灰土污垢，而它自己永远是碧澄如镜。

秋来水瘦，池塘花容失色，只剩寥寥一些残水，像是哭干了眼泪的小妇人的杏眼。但它依然接纳万物，吐故纳新，洁净如初。农人依然来塘里洗澡，一天甚过一天地喊："啊，水好凉啊！"故乡的秋天，在这一声声水凉的叫喊中，悄悄地不为人知地到来。水凉好个秋。

冬天，池塘将面临大劫难。村人以鱼闹年，以祈年年有余，而鱼就在各个池塘里抓捕。竭泽而渔，自古以来都是一大忌。而我们村前村后的池塘，每到年终，都要被放干或者抽尽蓄了一年的池水。一干人赤足在冰冷的泥中捉鱼，笑声在空旷辽远的池塘上空久久回荡。他们不怕冷，俗话说，鱼头上藏了三点火！见了冒火的鱼，还有谁怕寒冷呢？

一筐又一筐的肥鱼小虾壮螺蛳从塘里往岸上挑，笑声随之在岸上塘里一阵一阵炸响。鱼分了，年过了，而池塘仍空着，寂寞得只有冬鸟在泥上逡巡。

等到丰沛的春水荡漾，池塘又恢复丰满红润的容颜，及至冬天，鱼儿肥美虾足蚌多。遭受灭顶之灾的池塘鱼，一个轮回之后，又鲜活如初。谁也不知道这些鱼儿从哪儿来的？也许这就叫生生不息吧！

池塘鲜活了四季，更鲜活在所有子民的记忆里。再找寻如许美丽的池塘，也许只有在梦里吧！岁月在风里萧萧如秋木，池塘在现代的作用下，萧萧至迟暮。

回到陈坊，池塘触目惊心，锅底塘已被人填平，在上面盖了二层楼房，粗砺的土砖和硬冷的水泥在绿树旁狰狞着；门口塘已被淤泥壅塞，深处没不了8岁小孩，跳水已是不可能了，及至深秋，不用抽放，水就只剩一线了；养鱼塘里没有鱼也没有水，长满肥美杂草，牛可以在上面行走了；莲花塘深居畈田一侧，早已没有了莲花，还算清澈的残水里，漂浮着各式各样的塑料袋、农药瓶，难以让目光停留半秒；青山塘已不存在了，被房子取代……

我固执地认为，故乡年年难逃的水患与池塘迟暮有关。如果每年有人罱塘，如果池塘还鲜活劲道，雨水都可以蓄积在里面，何以在地上泛滥成灾？池塘的消退，洗澡成了村人的难题，干旱已是农田的家常便饭，春蛙不再，垂柳作古，水鸭隐退……与此一起消失的还有田园牧歌，以及让人无法释怀的古典乡村。

下一代人再来读这首古诗："半亩方塘一鉴开，天光云影共徘徊。问渠哪得清如许，为有源头活水来。"必得花半天时间来查阅关于"池塘"的注释，而这种注释与儿时我那惊诧一问，有着本质的不同。

"烟锁池塘柳"的残对，许是真的成了空前绝后、无人能对的绝联了。今天已没有几个人见过池塘的真面目，不久的将来，也许池塘只能存活于词典里，在纸间寂寞地度过它荒凉的来世今生。

池塘渐入迟暮，走上一条不归路，可悲复可叹。

江南瓦

江南瓦，没有北方琉璃瓦那种贵族气息，卑微如草芥；更没有琉璃瓦那种流光溢彩，粗粝如土坷。但却是人们容身之需，安居之宝。

瓦是江南的帽，楚楚然，如片片暗玉点缀屋上。

来自泥土，历经火炼，是土里长出的硬骨，是火中飞出的凤凰。

一层一层盖在屋顶，似鱼鳞，又像梯田，晴时挡烈日，雨天淌雨水。偏偏不碍风游过，上瓦与下瓦之间有缝，沟瓦与扣瓦之中留隙，这小小的缝隙里，清风流淌，朗月流银。江南屋有风，当数瓦上功。住在这样的青砖瓦屋里，冬暖夏凉，气韵悠扬。

瓦是风雨之中最玄妙的乐器。风在瓦缝中穿行，声如短笛，拖着长长的尾音，是底气充足的美声。雨点落下，清越激昂，如大珠小珠溅玉盘。雨越来越大，击瓦之声，与飞流的雨声汇聚成一曲浑厚的交响。

最美要数檐下滴雨了。像是有一根无形的线，把那雨珠串起来，上连着屋檐最边沿的沟瓦，下系在地上一洼清亮的雨水里。风吹来，雨珠飘来荡去，像个顽皮的孩子，尽情地撒欢，恣意地嬉戏。雨珠稀稀落落，那是小雨；雨珠变得密密挤挤，那是雨势明显增大之故。当檐下雨珠落成一条雨线时，雨就大了，很大，很急。

江南风暖瓦生烟。炎夏的阳光，火一般普照，屋瓦之间，丝丝然、飘飘然，升腾一缕轻烟。此烟如梦，亦似花。烟，其实是光影的折射，给瓦平添一抹动感。日影飘然，烟瓦舞动，那是瓦在跳一支奇妙的日光舞。

江南少雪。真的落了雪，瓦就有最柔美的银白曲线，恰似性感女人着一袭素白的丝质旗袍。融雪，是从水声中开始的。屋瓦上的积雪，化了，一滴一滴，一线一线的雪水，便从瓦上飞落下来，屋檐下淅淅沥沥滴水，其声势可堪一场中雨了。

岁月催人老，亦使江南瓦落尘泛黑。

天长日久，沙土落在瓦上，叶片烂在瓦间，一层一层，积累着厚厚的光阴故事。偶尔，有种子在风卷下摇落瓦中，抑或在鸟嘴里飘落瓦上，便会长出一丛碧绿的"瓦上草"来。瓦上草是江南古屋的显著性标志，沧桑之间，流转人世的繁华与落寞。

比草更能为江南瓦披绿装的是苔藓，特别是背阴的北边瓦，浓抹淡描，深浅不一。长苔的江南瓦，神似一块暗玉，墨绿，深绿，暗绿，远远地看上去，绿意摇曳，深沉如佛。这种绿，透着深蓝，于是，人们创造出了一个新词：瓦蓝。

江南瓦，没有北方琉璃瓦那种贵族气息，卑微如草芥；更没有琉璃瓦那种流光溢彩，粗粝如土坷。但却是人们容身之需，安居之宝。

只是钢筋水泥，一步一步，把江南瓦逼进历史的暗角。真担心不久的将来，人们用狐疑的神情去探寻：什么是瓦呀？什么叫瓦蓝？

那时，谁还会如我般深情地怀念那一片江南瓦？

江南雪

江南的雪，来时快，去时忽。

江南有句谚语：快雪快晴。

一天，或者一夜雪，第二天一早，保准放晴。太阳一露面，雪滋滋啦啦就消瘦起来，渐渐没了影。

江南少雪，近年尤甚。

每每乌云凝聚，冷风狂癫，人们大呼小叫："要落雪了。"却是风流云散，空留遗憾和冰冷。春风夏雨秋霜冬雪，没有雪的冬天，总觉缺欠了什么。无雪之冬，不够纯正，冷也冷得不够地道。

盼雪不来，就改盼天冷，如果还能阴云密布，就更好了。冷且云厚，离雪多少是要近一步的。可老天偏偏喜欢和江南人开玩笑。阴冷了一阵，雨就来了，还是冻雨。水茫茫冰镇的大地，滑溜的路面，要折伤多少行人？冷硬的冰溜，要压坏多少树枝啊？

雨过天晴，雪就渐行渐远了。

有时，等到过年也无雪，等过数九寒冬尽，也没见一片雪花。转春，却飘来大雪，倒春寒的雪。不冷的天，春雪落地即化。只见天上雪来，地上不见雪影。

世上大凡稀罕物，都讲究派头。江南的雪也不例外。落雪之前，派雪粒打先锋，一粒一粒晶莹的雪粒子——江南人管它叫"雪子"——哗哗啦啦，一天一地，蔚为壮观。"雪子"是雪的先声，江南人对此秉持欢迎和喜悦的态度，再冷，再不方便，都欣欣然奔走相告："落雪咯！"

雪，喜欢玩虚的，有声无影，只是一点雪意吧。能见到雪子，总算是下雪了，这个冬天才算是正版。随着全球变暖的大趋势，盗版的冬越来越多。和社会上的某些理儿一样，正版缺席，盗版就猖狂。

一般来说，"雪子"落停，雪花就来了，一片一片，纷纷扬扬，飘飘洒洒，从有声到无声，从坚硬到柔软，雪像仙子一般，从天而降。落雪的时候，天阴，透着暗红，风呼呼甚是惊心。人们喜欢走出屋子，迎着风雪，在雪地里，耍出一片好心情。怕冷，也不打紧，手伸出窗外，接一片片雪花，看它在手上滴落，融成一洼清亮的水，任手上冰意渐趋浓重。最开心的莫过于孩子们了，手冻得通红，冷似冰，还要赖在雪地里玩，堆雪人打雪仗，过瘾得很。玩得火热，身子也会随之热乎。

在乡下，见雪的狗兴奋异常，先是吠上几声，然后乐乐呵呵，来来回回在雪里穿梭。老家有一句俗语说："落雪狗快活。"

江南雪来得急猛，极少稀稀落落飘上几天几夜。就一阵子热乎劲，猛落一气，嘎然而止，收身遁形。若它放慢性子，顶多飘一天，或者一夜，这定是难得一见的大雪。气象预报称之为暴雪，要发橙色预警。这样的雪，在大地上厚积，基本能达到白茫茫一片真干净的效果。

大雪，江南人是顶喜欢的。农民高兴地说："瑞雪兆丰年。"大雪，意味着大丰收。市民乐呵地说："明年蚊虫少了，菜蔬的农药残留也会少的。"冰冷遮掩不住脸上涌动的欣喜。大雪不仅以雪白铺就眼前的大干净，更会在未来较长一段时间，维持一种难得的从里到外的洁净。

江南的雪，来时快，去时忽。江南有句谚语：快雪快晴。一天，或者一夜雪，第二天一早，保准放晴。太阳一露面，雪滋滋啦啦就消瘦起来，渐渐没了影。先是道路上干净，紧随其后是向南的阳面，天晚，再觅雪迹，就只剩背阴的北面了。此时的雪，告别粉末状，坚硬如冰刀，一手抓去，除了冷，更有痛感。

数天后，大地迅速恢复原貌，再要看雪，就只能看到人们在雪天堆的雪人、滚的雪球的残迹了。过往的人们恋恋不舍那雪，你一脚我一脚亲近着去踩，已脏污得不成样子。每一脚下去，仿佛在呐喊："什么时候，还会再有雪落啊？"

江南少雪，江南人爱雪，珍惜雪花带给人们的每一寸喜乐。

江南柳

抒发再生的奇迹，吟咏不灭的魂灵，这不正是江南柳吗？

由此就不难理解历代文人雅士，如谢道韫、陶渊明、柳宗元、苏轼、欧阳修、左宗棠、蒲松龄、李渔和丰子恺等，会那般钟情于它了。柳之于他们，有不可企及的人生寄托，无以语传的深层意蕴，潜藏一处升华灵魂的秘密通道。

柳是江南的树精，袅娜的枝叶粗拙的皮，有一颗不灭的灵魂。

水美江南，池塘边、清河岸、小溪旁、大湖畔，一株株柳，长成一首首妖娆的诗篇。水滋养柳，柳妆点水，水柳一家亲。柳叶青青，浓绿处，深藏一片独属于自己的海。皲裂的树干，是一副粗鄙的皮囊，在清水的倒影中，映衬出生命的不易与壮丽。树皮的裂口静静地记录一段段无关风月的旅程，厚厚地，累成生命的沉积层。

翠柳报春来。柳枝绽开第一片嫩绿的芽，江南春犹就如来神之画师，在大地上泼绿作画。于是，水丰盈了，山朗润起来，远远近近一派青碧。柳之绿，如火种，引来绿染山河，绿得灿烂、绿得香浓、绿得激越。

依依，是江南春柳派生出来的眷恋之态。《诗经》曰："昔我往矣，杨柳依依。"一语道尽绵绵情思。缠绕，是江南春柳衍生出的思恋。"桃红柳絮白，照日复随风。"柳絮飞，飞入原野精妙处，飞入寻常百姓家。"梨花淡白柳深青，柳絮飞时花满城。"一城春色一城絮。狂癫的柳絮，点点轻柔的白嫩，让人无处逃避。白绒的絮是柳树的种子，离树飞散去，将生命洒落在远近各处。转生，竟是如此浪漫而快乐的旅行。

树无言，风有语。柳枝之繁，灿若满天星辰，密如佳丽青丝，春日清风徐来，沙沙如恋人喁语；夏天朗风飘过，呼呼似累牛喘息；设若暴风袭来，哗哗然像孩童喧闹。清人李渔说："柳贵于垂，不垂则可无柳。柳条贵长，不长则无袅娜之致，徒垂无益也。此树为纳蝉之所，诸鸟亦集。长夏不寂寞，得时闻鼓吹者，是树皆有功，而高柳为最。"年年柳荫浓，岁岁蝉声俏。儿时，爱唱罗大佑的《童年》："池塘边的'柳树'上，知了在声声叫着夏天……"没见过榕树，唱词都被我改成了柳树。村前村后，柳树成荫，枝头鸣蝉此起彼伏，嚷嚷着，一刻也不消停。

柳音，是江南水边最美妙的旋律，牧童爱闻，浣纱女爱听，游走在柳下的人们皆乐赏。

柳树天生一个百变之身，枝丫插地即生，无心无意即成林成荫。农人折枝，是实用主义美学，编个枝帽，扎只柳筐，抑或插枝以期长出更多柳来，随手取用。文人折柳，折的不是枝，是情思，"灞岸晴来送别频，相偎相倚不胜春""攀条折春色，远寄龙庭前"。古时送别，凄清水边，舟岸两处，不胜挽留的酸楚，离别的悲伤，一任柳枝恣意无声地抒发。

蚯蚓那百变金刚之身，断一截，不是生命的终结，反而新生一命。柳是植物界的蚯蚓，是江南的树精，灵魂里潜藏着新生因子，便常插常新，生命在断裂与入土的疼痛中一次次复苏。

江南柳，不只是"无心插柳柳成荫"的淡然，更有"截"后重生之灿然。那年冬天，打抚河边过，但见枝繁的密柳，齐刷刷被锯伐掉浓密的枝桠，光秃秃一截主干，让人心生疼惜。孰料，来年春天，一无所有的"枯干"竟抽枝发芽，又生猛地垂成娇娆的绿姑娘。

抒发再生的奇迹，吟咏不灭的魂灵，这不正是江南柳吗？由此就不难理解历代文人雅士，如谢道韫、陶渊明、柳宗元、苏轼、欧阳修、左宗棠、蒲松龄、李渔和丰子恺等，会那般钟情于它了。柳之于他们，有不可企及的人生寄托，无以语传的深层意蕴，潜藏一处升华灵魂的秘密通道。

灵魂不灭，生生不息。江南柳啊，你是水边的精灵，迎风亲水，吟咏生命的乐章。

江南岸

江南岸带给我奢华的视觉美感，实实在在的益处，离家多年后，经由罗萨先生开化，又引领我进入自由的思想之境，让我在形而上的王国快乐飞奔。

一句"春风又绿江南岸"，以绵绵诗意，把岸这一稚拙的江南风物，深深地烙进人们的心里。江南文人王安石对"绿"字的斟酌，历来为人颂扬。无心插柳的闲来之笔，不经意间，把江南岸的美名四下里传播了开来。

江南水沛。有水便有岸，诗曰："淇则有岸。"有岸之水，清冷映天，人来人往，心生留恋意；无岸约束，水就成了灾患，驱人逃离，害人不浅。江南水美，岸功不可没。

或宽或窄的一段，或绿或黄的一圈，或曲或直的一条，江南岸从水边延展开来，将碧绿的柔波，暖暖且软软地拥揽于怀。水的柔情意，衬出江南岸的大胸襟。造字先生把"伟"字和

"岸"并连一起，便有羡人的高度，耀人的宽度，神奇且美妙的深度。

唯美江南岸，绿意盎然，草树轻摇，轻轻浅浅的一线，是画家明丽线条的起点，如水雾中沉睡着的五彩梦，又好似记忆里散发着怡人芬芳的黑白片断。

江南岸与水密不可分。水，失魂地飘游，它的名字是汽、雾、霜、雨、冰和雪。游子思归恋家，水漂流在外，大地是它永远的故乡。流水无情，大地有意。大地宽厚的胸怀，接纳回到故里的水。水自涓滴始，在大地上欢蹦乐跳，江南岸一路护送，累积成流，曼妙的身姿在塘溪沼潭里妖娆，在江河湖海里娇媚。

因水而生，依水而活，江南岸唯以依绿染翠相报。绿，是江南岸迎风飘展的经幡，由内而外，净明通透。水草是少不了的普通饰品，生在岸上，倒挂水中，有坚贞的骨血，更具水样柔性肌肤。岸边的树，柳居多，乌桕、苦楝、白杨、皂角和合欢也不少见。树的挺拔，映衬岸的魁伟；树的风姿，增添岸的厚实。

秋冬时节，水瘦下去，江南岸在风中展露嶙峋惨白的骨肉，那是水一点一滴侵蚀的结果。你进三尺，我退一米，江南岸看淡荣辱，自是不会患得患失。岸绿岸黄暗自春。秋冬时节的岸，不畏水的耻笑，春夏之季，不忌水的冲刷，坦然接受水的捧杀与棒杀。

江南岸为水而生，以水为美，和水交缠到白头，不论春秋冬夏，永远不离不弃。多情亦是大丈夫。江南岸超越世俗眼中的魁伟，风情万种，极尽缠绵意。

亲水的江南人，爱恋江南岸。农夫荷锄扛耙牵一头走得四平八稳的水牛来岸边饮水；女子步履轻盈，提篮衣物去岸边浣纱；孩子脱得赤溜精光从岸上一跃入水，过了好半天才在水中央浮出水面，惊飞一群鸭；渔夫和船家驾一叶扁舟在水里穿梭，水上的日子，绵长而味足。

生在江南，对于岸，心有千千结。我家有块田在北港（本地的俗称，即向北流去的河）岸边，年年崩岸，都要毁掉一部分水稻。父亲望着塌陷入水的岸，欲哭无泪，扶锄垒起一条新的田塍。我站在父亲身边，无限伤感地望着坍下去的岸，说："怎么会这样？"父亲向着河水冲着风说："去的只管去吧，留下的总要珍惜。"

就是这条岸，在我青春岁月引爆对远方的渴望。1993 年正月初三，我从此岸出发，背对着家，走向远方。越过河上的一座桥，来到彼岸，沿岸向家的方向折回。披着朝阳去，眼看夕阳西下了，却找不到回家的岸。

——原来，我踏上了此岸彼岸之外的第三条岸。

多年后，我读到巴西作家若昂·吉马朗埃斯·罗萨的后现代主义小说《河的第三条岸》，回想当年的轻狂，不禁莞尔。河的第三条岸到底是什么？是污浊的世界，还是无忧的天堂？

是无法摆脱的不幸，还是不可避免的宿命？关于岸的寓意，延伸开来，有无穷的可能。

江南岸带给我奢华的视觉美感，实实在在的益处，离家多年后，经由罗萨先生开化，又引领我进入自由的思想之境，让我在形而上的王国快乐飞奔。

念念江南，亲亲我那梦中的江南岸。

江南绿

经冬复历春，叶枯叶兴，
叶长叶落，不改浓酽绿之味。
春来鲜绿，夏时劲绿，秋后淡绿，
冬日暗绿，四季之景异，绿意
尽悠悠。

　　绿是江南的原色，点点嫩绿，团团碧绿，片片翠绿，或浅或深，亦鲜亦灿，像神奇画师毫不怜惜地从颜料盒里倾泼而出，蓬蓬然、勃勃然，生机无限。

　　江南四季皆有不可阻遏的鲜绿冲动。绿染江南，无以阻滞，好似顽皮的孩子，田野里、荒山上、树底下、石缝间，无处不躲，无处不藏。江南的绿啊，好似雪飘，大地悄无声息换新颜，像蝼蚁缓爬，微步挺进执着而坚定，又如大军衔枚疾走，恣意汪洋，轻声且淋漓。

　　宋人王安石诗云："春风又绿江南岸。"非也，非也。江南绿不为春风赏赐，实乃本性使然。没有春风眷顾的隆冬，风雪飞临，仍有黄绿的草树深绿的叶，容颜不改，只因心里深深的眷顾。绿是江南始终如一的秉性。

草绿是江南的底色。诗人韩愈在《早春》中写道："草色遥看近却无。"近观远看景不同，绿有异，层次分明，浓淡有序。你看那无所不至、无所畏惧的小草，油油亮亮、精精神神，诠释微小脆弱的草芥亦有强大生命力。秋燥风劲，大地一片衰枯，野火燃过，灰烬底下无寸草。不必替小草担心，正如唐代诗人白居易所说："野火烧不尽，春风吹又生。"

见过一株不起眼的无名草，它长在塑胶跑道上，突突兀兀，惊艳人眼。跑道一层砂石一层水泥，再累加一层柏油一层胶粒，无土无种无营养，经水浸润，这草便蓬勃而生，快乐而长。这是怎样一种大无畏的精神啊！这样的草，这样的绿，江南的绿能不神奇、不伟大吗？

江南绿，有诗的层次，韵律的美。

草色打底，大包大揽的豪迈样，将绿铺陈在江南处处。草绿很低，一径地低至泥水里。灌木和小乔木把江南绿引至深浓，像音高八度，陡然有了雄浑之气、辽阔之境。高深的绿，由乔木来装扮。高龄古木如樟枫桉栎柞柿诸树，枝繁叶茂，一树百叶，一叶百荫，绿意嫣然，清凉有致。绿在云烟之上，清淡出尘、清欢出世，婀娜中尽显凌厉的风骨，姿仪万千。更有沟边芭茅，水里芦苇，阴湿面的苔藓，一方方占据，一寸寸笼络，不论旱涝，亦不挑剔阴阳，绿得自然欢悦，不遗漏、不留白。

由高处往下看，浓绿的一团，淡绿的一片，井然有序，像是乐谱上繁茂的勾点丝毫不乱地隐居在五线间。红黄白蓝紫的花，星星点点，美缀其间，江南绿便缤纷起来，灵动起来，像月光下缓缓鸣奏的小夜曲。由晨而昏地远眺，诗一时、歌一时，江南绿在光的统合下，兴味盎然，意蕴悠然。

经冬复历春，叶枯叶兴，叶长叶落，不改浓酽绿之味。春来鲜绿，夏时劲绿，秋后淡绿，冬日暗绿，四季之景异，绿意尽悠悠。

闲来无事，喜欢在绿的海洋里悠悠徜徉，屐痕印在江南处处。一路走来一路歌，心中的烦忧，生活的困苦，事业上的失意，场面上的失态，情境中的麻乱，写作时的失言……所有的苦痛和阴郁，统统融化在雅致无边的绿意里了。

江南绿，一阕值得吟咏终生的词，一曲欢唱百回而不厌的歌，在江南人心里、生活中永存；在文人笔下和爱美人士的取景框里永生。

孤独地来去

有的人偶尔孤独，有的人孤独一生。人，都会孤独，只是程度深浅不一，烈度各异而已。人在自己的哭声中来，在别人的哭声中去，两种不同的哭声之间，孤独地来去。

2008年盛夏，在江海之城江苏南通散心，一个人来到城东南文峰塔（王个簃艺术博物馆亦在其中），炽热的风吹得树叶哗啦啦作响，蝉鸣此起彼伏。没有人声，也看不到人影。迈入几重门，影子越发地寂寥，启用相机自拍功能，自己遗落在烈日下孤独的清影，就这样永远地定格下来。

塔内幽暗，有清凉的风，底座六壁悬挂着现当代著名艺术家的画像。他们黑白在纸上，灿烂的一生浓缩在数百字的生平简介里。这是中国艺术界的一座座高峰：以"可贵者胆，所要者魄"为座右铭的李可染，"搜尽奇峰打草稿"的张大千，高举"宁方毋圆，宁脏毋净，宁拙毋巧"为创作旗帜的徐悲鸿，颂扬"妙在似与不似之间"的齐白石,"影响最大是画,功夫最深是书,成功最早是篆刻"的吴昌硕……

独自与他们寂然面对,孤独是一座桥,一头搭在我的心,另一头泊在他的眼,空气里满是孤独的气息。遥想当年,他们创作时,定是无二的孤独,离去之后,那时所有的滋味就凝在他们的作品中了。艺术的至境是孤独。这个无人的夏日,与大师对视,孤独是唯一的语言。

无论岁月如何荒老了内心,也无论沧海怎样变成桑田,那个有风无人的夏日,那一种蚀骨的孤独,总会在纷繁的人世,照见我的心,让灵魂如薄胎瓷一般,泛着青幽的光。

孤独,是人与生俱来的一场宿命。仿佛置身于莽莽荒原,天地悠悠,荒草迷迷,流云在眼底沉淀,清风在耳鼓旋转。前无人,后无鬼,孑然一身,寂寥满怀。怆然,寂然,泣然……万般思绪上心头,汇成孤独的滋味。

如果孤独是有颜色的,那么,黑是它唯一的标签。黑,吸走所有的光亮,化五彩为单调,霸道地将斑斓的世界大一统成沉重的虚无。人,就是那虚无中的一点,不明来路,不知去处。极致的黑,是有硬度的。比如煤,曾鲜活于大地的蓬勃植物,在无声无息无光的地底下沉息千万年,化为铁一样的石块。煤是孤独的集大成者,是孤独无声的见证人。它在孤独中诞生,又在孤独里转世,化身为一缕缕的烟。煤的前生是热闹过好一阵的，吮过风霜雨露，闻过花香鸟语，触过跳虫走兽，大家庭一样和谐，大剧场一般喧闹。只是一朝倒下，水淹土埋，华美盛宴结束，孤独兀自滋生。

孤独不是孤单。只有影子相伴，固然是孤单，却不一定孤独；在喧嚣的欢场，虽说不孤单，未必就不孤独。人海茫茫，不孤单，却可以异常的孤独；形影相吊，虽孤单，却可以跟自己讲和，将孤独驱散。

孤独与寂寞比邻而居。

浅层次的孤独，容易与寂寞混为一谈。有人说，太孤独了，孤独得能掐出水来。此人只是看着孤独的谱子，唱寂寞的调罢了。寂寞的是身，而孤独是心。真正的孤独，是"高处不胜寒"，是"躲进小楼成一统"，寂寞无以涵盖。

寂寞产生闺中怨妇，孤独催生女中豪杰。寂寞让男人无聊，或者犯罪，孤独让男人沉思，或者创造。一杯酒、一口烟、一场筵席、一次欢爱……寂寞会为之闪躲一旁。孤独却不会因为肉体的享受、放纵，而减少丝毫。

寂寞是暂时的，孤独是永恒的。寂寞住楼下，孤独居楼上，它们比邻而居。

孤独与无聊隔河相望。

观彼岸花，总觉得与此岸无异，实则相去甚远。孤独在彼岸，无聊在此岸，遥遥相对，隔河相望。无聊的人喜欢化妆成孤独。孤独的人在别人眼里，就是无聊。孤独是心冷，无聊是心乱。外表相似，其实是两条永不相交的平行线。

有的人偶尔孤独，有的人孤独一生。人，都会孤独，只是程度深浅不一，烈度各异而已。人在自己的哭声中来，在别人的哭声中去，两种不同的哭声之间，孤独地来去。

时间·爱

爱是什么？有人说，爱是回眸间的一笑；有人说，爱是重逢时的一抱；有人说，爱是一次绽放；有人说，爱是一段传说；有人说，爱是一个奇迹；有人说……不管爱是什么，它都盛放在时间这个容器里。

五百年，不是人所能延展到的时间，但爱可以触及。

所以，席慕容说：如何让你遇见我／在我最美丽的时刻／为这／我已在佛前求了五百年／求他让我们结一段尘缘……（选自《一棵开花的树》）

期待一场爱，可以跪在佛前求上五百年，这是痴情男女宿命般的执着与虔诚。情窦初开时节，这样的傻事，少有不做之人。期待他的一个眼神，可以准备数月，而真正相遇的那一刻，却又佯装若无其事，假装不期然地擦肩而过。写给她的情书，一直想送过去，直到发落齿摇，却还在藏掖着，用自己当年的体温烘焙泛黄的书签，紧捂一段青涩时光。

五百年，不算太长，将爱未爱时的一秒钟等待，比五百年更久。无爱的一对人生活在一起，一秒钟对视也显得那么漫长，比五百年还长。

网络上流传这样一则情爱语录：在对的时间，遇见对的人，是一生幸福；在对的时间，遇见错的人，是一场心伤；在错的时间，遇见错的人，是一段荒唐；在错的时间，遇见对的人，是一阵叹息。

不管时间对错，还是人的对错，爱没有对错。时间是一把刀，把爱雕成诸般花样，有幸福、有心伤、有荒唐、有叹息。人生的万般风情、千般无奈，都做了时间刀下的花鬼，暗夜里风流，天明一看，千疮百孔。

此时爱，渡涉时间河后，难保彼时还爱着。

张爱玲在《半生缘》里，借顾小姐的话大叹："我们回不去了！"

一别十五年，顾曼桢与沈世钧重逢，悲情地哀叹："世钧，我们回不去了。"曾经那么相爱的一对璧人，隔着绵绵不尽的似水光阴。只是十五年的时间，一场轰轰烈烈的爱恋，辗转成灰。本想顺着时光，去孵化爱，一转身，发现空空如也，再回首，了无爱的痕迹。

时间是一道河。滔滔河水，将爱的一对人，生生划成隔岸遥望、相视陌然的凄清。

世上最动人的爱语，我认为非这一句莫属：你是我的时间。

无一字言爱，却无字不渗透着爱，润泽着爱。当一个人，成了你的时间，成了你生命的钟摆，他就是自己的一切。而这一切，都源自己对他的爱。

一次酒会上，偶遇江苏诗人海舒先生。接过他递来的名片，翻转过来，背面是一首妙诗：如果我必遇到你／请时间绕行……

有人说，爱到极致成陌生，有人说，爱的极致是宽容……而海舒先生用他的诗篇，代我道出爱的真谛：爱的极致，就是连时间都无所谓了。包括时间在内，一切的一切统统靠边站，爱才是唯一。爱到浓时，时间算什么？生命又算什么呢？

自古殉情者，应该都是一脚迈入了爱的极致之境吧？才有决心，抛弃上天赋予自己的那一段时间。

爱是什么？

有人说，爱是回眸间的一笑；有人说，爱是重逢时的一抱；有人说，爱是一次绽放；有人说，爱是一段传说；有人说，爱是一个奇迹；有人说……不管爱是什么，它都盛放在时间这个容器里。

爱，只是一段时间，有时，只是一刹那，有时，它是一万年。

种

人世间，用心种下一个愿望、一份美好，用情去浇灌，用爱去呵护，秋后定能有丰厚的收获。心怀一份美好，种下一份心愿，经风历雨，种子发芽，迎风拔节，葳蕤成最美的人生风景。

应该是很小的时候，记忆里，那一片春光，一眼望不到头的碧绿，浸润在露珠里的清晨，我跟随父亲去菜地。父亲一边莳弄菜秧，一边自言自语："春种，夏耕，秋收，冬藏。"然后，意味深长地延伸开来："你啊，就是一生中的春天，所以，要勤快，多播种，老来才有收获。"

我不解地问："爸，你要我播种什么呀？黄瓜还是西瓜？"

父亲笑了，说："就知道吃。我希望你好好学习，把更多的见识、更好的东西都播种在心里，长大后，才会成为对社会有用的人。"

年幼如斯，十分不解："见识和好东西也能播种吗？是不是也要种在土里，施肥浇水？会生根发芽吧？"

种　花

儿时的天，感觉总淅沥着细雨，一寸水渍一寸灰。不错的，南方雨水足，但是，越过梅雨期，艳阳天就恰似池塘里的涟漪，一圈未了一圈生，绵绵不尽。沉郁的是心，才看什么什么都没了色泽，不够活泛，于无声中黑白。

是姐姐的一包葵花子，让阴郁转了一个弯，明艳不期而至。

那个雨天，上学的路上，姐姐捡到五毛钱，舍不得交给爸妈，也不忍心交给学校换一个拾金不昧的光荣头衔，就偷偷在村口小卖部称来半斤生葵花子，足足一大包。姐弟俩偷着吃，那情形像是在做一项意义非凡的间谍活动。终于吃完了，我说："真好吃，可惜没了。"姐姐把剩下的几粒掏出来，我伸手就去抢。姐姐说："要不，留几粒做种吧？种下去，秋天就有很多葵花子吃了。"

我小心翼翼地托着几粒向日葵，用手抓牢，握成心底最丰饶的希望。姐姐用竹筒装好，一起装进的还有我那金黄色的梦。

父亲帮我找来一个缺口的废瓷缸，用竹林里挖来的新鲜泥土把缸填满，放置在屋前空地上，趁着大好春光，在阳光下，我把几粒葵花子种了下去。

往后，走着、玩着，甚至课堂上，都要叨念泥土里的种子。夜夜好梦，似乎都能闻见一股奇异的葵花香。没几天，真长芽了，嫩嫩的芽破土而出，像是在泥土里刚刚睡醒，一个个伸伸懒腰，打哈欠，闻风而长。长到瓷缸明显不够用了，父亲就帮我移植到菜地里去。花杆长粗了，见花盘了，出葵花子了……一天天去看，那盼头一点点厚实起来如肥硕的葵花叶。

那一份期待，让少年时节里的"雨季"，倏地过去了。终于，收成来了——一大撮的葵花子。当时心情之好不能简单地用阳光灿烂来形容了。没想到种下去的是葵花，收获的竟会是喜滋滋、甜津津的少年情怀。

一抹葵花黄，生命从此更鲜亮。

种　石

石头是砸出来的。

从大山里来，经炮轰，经手开，经凿打，经刨磨，石便齐整如块，变幻如百兽。石之传奇，全因沾染了人的灵气。

太湖石，除了砸，还要种，所谓"种石"是也。

相传很久以前，太湖边上的一对父子靠打造太湖石谋生。这是他们祖上传下来的手艺。"痴石"已融入了这一家族的血脉里。

太湖石，以其"瘦、透、漏、皱"的鲜明个性，为人们所喜爱，历来是装饰贵族庭院的上好石材。好石是打磨出来的。父亲抡大锤，儿子挥小锤，一凿一凿捶打，打薄瘦一些，打出褶皱和形状来，打成曲线打出洞，然后，用残料，一遍一遍地磨，磨得平洁光滑。

有一天，一伙恶霸来到父子俩的石材作坊，威逼他们交出所有打磨好的太湖石，否则，要一把火烧光他们的家。儿子年少气盛，摆出一副拼命的样子。父亲拦住了，低三下四地哀求："求求你，宽限几日，我这几块还没打磨好，到时候，您一并拖走，成吗？"

领头的瞪了那儿子一眼，然后对那父亲说："还算你识相。限你三天之内完工，第四天我们再来，哼！"

被这帮人缠上了，哪还有好日子过呀。打不过，躲得过。当夜，父子俩把所有的打磨好的石头，全部推入太湖，带着微薄的一点家当，连夜逃走了。

一晃过去了几十年，年迈的老父亲和已经成了父亲的儿子已是声名远播的太湖石雕造大师，时光中沉淀的故园情结，让他们无日无夜不念故乡。费尽周折，他们回到了老家。恶霸没有了，村里许多亲友也去世了。父子俩念及离家前的那些沉入湖底的太湖石，想让它们重见天日，于是，请来壮汉，潜入水中放绳，然后一块一块拉上岸。

一别数十年，如故人重逢一般，父子俩激动万分。

那一刻，他们眼中闪烁着惊喜之光。这些在水中沉睡多年的太湖石，已达到无与伦比的品质。原来，它们经水腐蚀、冲刷，更自然，更具原生态美感。

老父亲说："我们因祸得福，收成大了。几十年前，我们把太湖石推入水里，那是种石啊！"

他儿子说："原来太湖石需要种啊！"

从此，种石，在太湖边上兴起。

种妈妈

老家老了。

老得只剩下老人，拖着寂寞的影子拉扯着孙子孙女，在寂寥的村巷里，走来走去，抑或一老一少，在广袤的田野踟蹰。

村小来了一位年轻的女大学生支教，教孩子画颇具时尚元素的四格漫画。

孩子们没有绘画基础，除了语文数学和唱歌，他们从来不知道还有别的课程。清明节，回到老家，翻开一个应该叫我爷爷的小朋友做的四格画图作业，凌乱的线条，毫无规则和美感的色彩，让我有些迷糊。

孩子说："爷爷，你知道我这是画的什么吗？"

我说："不知道。你能帮我讲解一下吗？"

孩子指着画，一格一格地给我讲解。

第一格。春天来了，万物睡醒了，农民开始播种了。我也挖了一个坑，就想呀，我该播种什么呢？

第二格。想了很久，我想我要种下一个妈妈。

第三格。夏天，我像爷爷一样，施肥浇水，希望种下的妈妈开花结果。

第四格。秋天来了，我收获了好多个妈妈。一个为我做饭，一个帮我洗衣，一个带我上学，一个陪我玩……好多好多。

那一刻，我的心咯噔一下，酸楚从心底泛滥开来。一个年幼的孩子，本该在妈妈怀里撒娇，而妈妈却为了生计年头出门年尾归，长年在城市打工，把孩子丢给年老的爷爷奶奶带。

我问她："妈妈种得出来吗？"

她说："种得出来，过年的时候，妈妈就被我种出来了。妈妈还会给我买很多很多东西。"

我也是孩子的父亲，当看到这个老家的堂孙子，五味杂陈，空气里流淌着苦涩。普天之下，还有多少这样想种出一个妈妈来的农家孩子啊！

天下的孩子怎么能没有父母守护，没有完整的父爱母爱包裹呢？又有哪个父母愿意被孩子下种呢？

如果说种妈妈是一种愿望，那这一愿望，未免太酸涩了。

对于种，最喜欢听的一种是——"种春风"，诗样的浪漫抒情，玉一样清凉爽洁。

曾几何时，读三毛的诗《每个人心里一亩田》，感觉异常清新自然，别有趣味。诗中写道：每个人心里一亩田／每个人心里一个梦／一颗种子／是我心里的一亩田／用它来种什么／用它来种什么／种桃种李种春风／开尽梨花春又来／那是我心里一亩田／那是我心里一个／不醒的梦。后来，听齐豫唱，那柔情婉转的一句"种桃种李种春风"，让我的心幸福得颤栗，让我想起小时候在春风里的种花。

岁月静流，识见渐宽，才知道可以做种下种的，就像春来繁花一样，多得数也数不清。

俗话说：种瓜得瓜，种豆得豆。人世间，用心种下一个愿望、一份美好，用情去浇灌，用爱去呵护，秋后定能有丰厚的收获。心怀一份美好，种下一份的心愿，经风历雨，种子发芽，迎风拔节，葳蕤成最美的人生风景。

打字机

古人云：『心系一处。』成与败，往往不在于能力多大、使劲多少，而在于用心的专或者否。

自打迷上写作，便渴望拥有一台打字机。

起初写稿，提笔在纸上沙沙飞走，写一篇修改几遍，早已面目全非，非得抄写在新稿纸上不可。一溜程序下来，消磨了写作乐趣，繁琐、累人。将抄写无误的新誊稿装进信封，给报刊邮寄出去，才算大功告成。投稿没发表，又不退回，那种心情别提多失落多伤感了。如果有一台打字机，就不一样，无须誊抄，方便快捷。多好！

前不久陪家人逛商场，看见一家时装店里摆放老式电影放映机、英文打字机等一水的老物什，站在打字机前，我久久伫立，像是凭吊青春期未曾实现的梦想，以静默之姿告慰当年的遗憾和空落。

　　从没见过中文打字机，电脑出现后，才知道世上还有比打字机更奇妙的家伙。早在 1998 年，花了近千元买了一台二手 386 电脑，没有"视窗"，得用 DOS 命令开启系统，五笔字型打字。"王旁青头戋五一……"背得昏天黑地，到头来，字根表摆在电脑前，一分钟也才敲出十来个字。最羡慕单位打字员小胡一分钟一百多字，神了。

　　字根难记，打字缓慢，电脑写作不得不搁一边，和往常一样，老老实实手写在稿纸上，然后输入电脑，再拷至软盘，请人帮忙打印。繁是繁琐了点，但累起厚厚的投稿信，那种成就感和幸福感，用金圣叹先生的话来说，是"不亦快哉"！

　　2003 年，我那 386 趴窝罢工了，不得不将之淘汰，找同学花了四千块钱，新置一台拥有 WIN98 系统的组装电脑。那时，邮寄投稿基本上被电子邮箱发送取代了。2006 年冬，在电脑上敲出第一篇小文《冬天晒太阳是件幸福的事》，没过几天在一家省报副刊发表。自此，写作便渐渐远离了纸笔。

　　组装电脑用了几年，渐入老牛拉破车的气喘状态。几年后，新添一台名为"家悦"的某品牌台式机。本以为能如虎添翼，却没料到给"虎"硬生生地造了个隐形且坚固的牢笼！

　　如果不是方便投稿，也许，网络就不会那么早介入我的生活。弹指一挥间，如今，生活几乎等同于网络。新的一天，从打开电脑那一刻开始。不开电脑，心里就发虚，猫抓似的难受。写博、看评论、收信、看 QQ、留言、查网店又推什么新书……交上一个新朋友，如果没有加上 QQ，就像不认识这个人似的。

写出一篇文章，如果没在网上搜索到发表后的电子版，感觉就像压根儿没写过。

生活就是网络，网络成了生活，可我把写作摆到哪去了呢？不知道。总是沉潜网海许久，才猛然发觉，不写东西已很久了，落寞、空虚、怨恨、沧桑等诸样感受如爬山虎据墙一般占满心头。和当初一样，不由得重又滋生拥有一台打字机的渴望。一台打字机，只打字，不上网，不玩游戏，闲暇时坐下来，听听音乐，专心写作。

于是，便有了这一台"上网本"。

说来挺有讽刺意味，制造商专门为人们上网用的"上网本"，在我这里，却成了一台拒绝上网的"打字机"。打字机啊打字机，给我带来奇迹。2006年起头的小说《延春堂》，拖拖拉拉五六年，成了文字堆砌的"烂尾楼"。是这台打字机，勉强将它拉成了形。小说停摆近十年，在打字机的催促下，又重启引擎，上路了。

由打字机让我想到很多，有时并非我们没有毅力，下不了决心，只是类似网络这样的诱惑，像罂粟花一样，开在我们必经的道旁，生生把心给吸引了过去，分散了精力、虚度了时光、空耗了生命。少的是专注的心。就像打字机意义上的上网本，是我写作之途上的定神针和定心丸。古人云："心系一处。"成与败，往往不在于能力多大，使劲多少，而在于用心的专或者否。

呼唤更多的人生"打字机"妆点我的生活——赐予专心，报以传奇。